Sophokles

Ödipus auf Kolonos

Sophokles

Ödipus auf Kolonos

Übersetzt von
Peter Stein

Herausgegeben von
Bernd Seidensticker

Mit einem Essay von
Hellmut Flashar

C.H.Beck

Mit 20 Abbildungen

Satz: Fotosatz Amann, Memmingen
Druck und Bindung: Pustet, Regensburg
Umschlaggestaltung: Kunst oder Reklame, München
Umschlagabbildung: Klaus Maria Brandauer als Ödipus,
Salzburger Festspiele, 2010 (Regie: Peter Stein; Bühne: Ferdinand
Wögerbauer, Kostüme: Moidele Bickel, Licht: Joachim Barth);
© Monika Rittershaus/Salzburger Festspiele
Gedruckt auf alterungsbeständigem, säurefreiem Papier
(hergestellt aus chlorfrei gebleichtem Zellstoff)
Printed in Germany
ISBN 978 3 406 72567 8

www.chbeck.de

Dem Andenken meiner Schwester gewidmet,
ohne deren Intervention dieses Buch nicht entstanden wäre.

Inhalt

VORBEMERKUNG

Zur Übersetzung und zu einigen wichtigen Elementen der Inszenierung

Für meine Übertragung ins Deutsche habe ich vor allem mit den Kommentaren von H. Lloyd-Jones/N. G. Wilson, von Andreas Markantonatos, von J. C. Kamerbeek und insbesondere mit dem Kommentar von R. C. Jebb gearbeitet, dessen englische Übersetzung sehr hilfreich war.

Darüber hinaus habe ich – abgesehen von den bewährten Übersetzungen von Ernst Buschor und Wolfgang Schadewaldt – die Übertragungen von Paul Mazon, Giovanni Cerri (dessen Kommentar ich viele Anregungen verdanke), Emil Staiger und D. E. Sattler herangezogen. Zudem haben die Gräzisten Bernd Seidensticker und Hellmut Flashar eine frühe Fassung meiner Übersetzung gelesen und mit Korrekturen versehen, die ich zuallermeist übernommen habe; ihnen sei an dieser Stelle dafür gedankt.

Mein Bemühen galt außer der philologischen Genauigkeit dem Versuch, einen sehr konkreten Ton für die politischen und familiären Auseinandersetzungen zu finden sowie den Chorliedern eine stärker poetische, eine archaischere Gestalt zu verleihen – ebenso den visionären Stellen –, doch ohne die Verständlichkeit zu opfern.

*

Für eine Inszenierung, die sich der szenischen Idee des antiken Autors verpflichtet fühlt, erscheint der Hain der Erinyen als das Hauptproblem: Es gibt auf der Szene keine Architektur, sondern nur diesen Hain. Doch wie hat man ihn in der Antike dargestellt? Der Text verlangt auf jeden Fall, daß man zu ihm hinuntersteigt, daß er eine Schwelle hat. Nun haben die wenigen Gräzisten, die sich überhaupt mit den inszenatorischen Implikationen antiker Texte befassen, darauf hingewiesen, daß hinter der Bühne – die nicht viel höher als neunzig Zentimeter gewesen sein wird – ein Abhang in den Hain des Dionysos-Temenos (den Heiligtumsbereich des Dionysos) hinunter führte. Darum sei das «Bühnenbild» auch denkbar einfach gewesen. Dies galt auch für unsere Inszenierung: Sie bot nur einen umschlossenen, abgesenkten Hain, in den Oidipous hineingehen und in dem er sich verstecken konnte – und aus dem er dann Schritt für Schritt wieder herausgelockt wurde. Sonst nichts.

Das Problem des steinernen Sitzes, zu dem Oidipous geführt wird, auf dem er sich mühsam niederläßt und wo er bis zum Schluß verbleibt, haben wir mit der Einführung eines metallenen Stuhles gelöst, den der Chor dem Protagonisten anbietet. Der «Regie-Einfall», Kreon im Rollstuhl auftreten zu lassen, diente dem Zweck, den Gegenspieler des Oidipous gleichfalls gealtert und geschwächt zu zeigen. Dies bot zugleich die Möglichkeit, daß der Dialog der beiden gewissermaßen auf Augenhöhe stattfinden konnte.

Um den überwältigenden Moment der Entrückung, des Verschwindens des Oidipous in Szene zu setzen, haben wir mit einem starken Explosionsgeräusch und einem blendenden Licht-Dreieck gearbeitet.

Darüber hinaus ließen wir jene, die aus der Fremde kamen, die Bühne von links, jene aber aus Athen die Spielfläche von rechts betreten.

Peter Stein

ÖDIPUS AUF KOLONOS

Besetzung

Oidipous
Antigone
Ismene
Theseus
Kreon
Polyneikes
Ein Bote
Chor

Oidipous: Antigone,
in welche Gegend
führst du deinen alten, blinden Vater,
zu welchen Menschen, welcher Stadt?
Wer gibt dem Oidipous, dem Vagabunden,
heute das karge Almosen?
Wenig erbitte ich,
noch weniger erhalte ich
und doch ist's mir genug.
Denn dulden lehren mich die Leiden,
mein langes Leben
und mein angeborener Stolz
als drittes.

Nun, Kind, siehst du etwas,
worauf ich sitzen kann,
an öffentlichem oder gottgeweihtem Ort,
so halte ein
und laß mich ausruhen.
Dann können wir erfragen,
wo wir sind;
denn wir als Fremde müssen von den Bewohnern
lernen
und, was sie sagen, tun.

Antigone: Vater,
unseliger, armer Oidipous,
die Mauern, die die Stadt beschützen,
sind, wie ich sehe, fern.
Dies hier ist heiliger Grund, so viel ist sicher.
Wild wächst Olive, Lorbeer, Wein,
drinnen schwärmen
und singen süß die Nachtigallen.

Hier beug das Knie
und setz dich auf den rohen Stein.
Lang war der Weg für einen Greis.

Oidipous: So laß mich sitzen
und behüte den Blinden.

Antigone: Die Zeit hat mich das längst gelehrt.

Oidipous: Kannst du mir sagen, wo wir sind?

Antigone: Ich weiß, dort ist Athen,
den Ort hier kenne ich nicht.

Oidipous: Die Stadt hat jeder uns genannt,
dem wir begegnet sind.

Antigone: So soll ich gehen und diese Gegend hier
erkunden?

Oidipous: Ja, wenn sie bewohnt ist.

Antigone: Sie ist bewohnt.
Ich glaube, gehen brauche ich nicht.
Nah bei uns beiden sehe ich einen Mann.

Oidipous: Kommt er hierher und auf uns zu?

Antigone: Er ist schon da.
Was du ihm sagen willst,
sag's jetzt – er steht vor dir.

Oidipous: Fremder,
hörend von ihr, die für uns beide sieht,
daß du zur rechten Zeit
als Wächter herkamst,
um uns Unwissenden zu sagen …

Wächter: Bevor du weiter fragst,
verlaß den Platz!
Du bist auf heiligem Grund, der unbetretbar ist.

Oidipous: Was für ein Grund?
Welcher Gottheit zugehörig?

Wächter: Unberührbar,
unbewohnbar,
die grausen, furchtbaren Göttinnen besitzen ihn,
Töchter der Gaia, der Mutter Erde,
und des Skotos, des Dunkels der Nacht.

Oidipous: Mit welchem hohen Namen ruf ich
sie an?

Wächter: Die alles sehenden Eumeniden,
die Wohlmeinenden,
nennt sie das Volk hier.
Anderswo nennt man sie anders.

Oidipous: So mögen sie wohlmeinend
den Schutzflehenden empfangen,
denn nie mehr weiche ich von diesem Platz.

Wächter: Was bedeutet das?

Oidipous: Meines Schicksals Losungswort.

Wächter: So wage ich es nicht,
unbefugt dich zu verjagen.
Ich zeige es an dem Rat der Stadt
und frage, was zu tun ist.

Oidipous: Bei allen Göttern, Fremder,
halte mich Vagabunden nicht für unwert,

mir das,
worum ich bitte, zu erklären.

WÄCHTER: Sprich.
Für unwert halte ich dich nicht.

OIDIPOUS: Was ist dies für eine Gegend, die wir betreten haben?

WÄCHTER: Was ich weiß,
sollst du alles erfahren und vernehmen.
Die ganze Gegend hier ist heilig.
Ihr Herr ist der hohe Poseidon,
mit ihm der feuerbringende Gott,
der Titan Prometheus.
Den Ort, den du betratst,
nennen wir:
bronzefüßige Schwelle dieses Landes,
Bollwerk Athens.
Die umliegenden Fluren rühmen
den rossekundigen Kolonos
als Gründer und Ahnherrn,
und alles Volk gemeinsam
trägt seinen Namen.
So verhält sich das mit dieser Gegend, Fremder,
von uns, die wir hier leben,
durch Bräuche hoch verehrt,
wenn auch nicht durch Worte und Legenden.

OIDIPOUS: Wohnen Menschen hier in diesen Fluren?

WÄCHTER: Gewiß, und nennen sich nach jenem Gott.

OIDIPOUS: Herrscht jemand über sie
oder hat das Volk die Macht?

Wächter: Hier herrscht der König von Athen.

Oidipous: Und wer ist es,
der mit Wort und Kraft die Macht hat?

Wächter: Theseus heißt er,
Sohn unseres früheren Königs Aigeus.

Oidipous: Kann jemand von euch zu ihm gehen?
Als Bote?

Wächter: Ihm etwas zu sagen oder ihn herzubitten?

Oidipous: Daß wenig gewährend er viel gewinnt.

Wächter: Von einem Manne, der nichts sieht,
wie kann da Nutzen kommen?

Oidipous: Das, was ich sage, werde ich
ganz hellsichtig sagen.

Wächter: Weißt du, Fremder, wie du am besten
fährst?
Denn du bist von edler Geburt, wie man sieht,
von deinem Daimon abgesehen.
Bleib dort, wo du erschienen bist,
bis ich den Leuten unseres Demos hier,
nicht denen in der Stadt,
berichtet habe.
Sie werden über dich entscheiden,
ob du bleiben darfst oder wieder ziehen mußt.

Oidipous: Kind, ist der Fremde fort?

Antigone: Er ist fort, so daß du ganz ungestört, Vater,
reden kannst, denn ich allein bin dir nah.

Oidipous: Potniai!
Furchtbar blickende Gebieterinnen,
da ich mich nun zuerst auf dieser eurer Erde
niederließ,
zeigt euch Apollon und auch mir nicht ungnädig,
der, als er die vielen Übel mir weissagte,
von einer Ruhestätte sprach, nach langer Zeit
mein Ziel erreichend, in einem Land,
wo bei erhabenen Göttern
ich einen Sitz erhalten soll und gastliche Wohnung.
Enden würde ich dort mein elendes Leben,
zum Gewinn denen,
die gastlich mich hier siedeln lassen,
zum Verderben denen,
die mich weggeschickt, vertrieben haben.
Auch Zeichen nannte er mir,
zuverlässige,
ein Erdbeben, einen Donner oder einen Strahl
des Zeus.
Und nun erkenne ich:
Auf diesen Weg, zu diesem Hain
haben mich eure Zeichen gewiesen.
Niemals wäre ich sonst
euch je begegnet auf meinem Weg,
ich Nüchterner den Weinverschmähenden,
hätte nie auf diese erhabene, rohe Stufe
mich gesetzt.
Auf, Göttinnen,
gebt meinem Leben,
Apollons Orakelspruch gemäß,
irgendeine Wende hin zum Ende,
wenn ihr nicht meint, ich wär's nicht wert,

ich, der ich von jeher
den größten Leiden unterworfen war
unter den Menschen.
Auf, ihr süßen Töchter alten Dunkels,
auf, Stadt der großmächtigen Pallas,
Athen,
von allen Städten am höchsten geehrt,
erbarmt euch dieses jämmerlichen Schattenbilds
des Mannes Oidipous!
Der alte Oidipous ist nicht mehr.

ANTIGONE: Still. Da kommen ein paar alte Männer,
um auszuspähen, wo du sitzt.

OIDIPOUS: Ich bin still.
Und du, abseits des Wegs,
verbirg mich in dem Hain,
bis ich mich unterrichte,
was diese da für Worte brauchen.
Sich unterrichten rät die Vorsicht
allen Handelnden.

CHOR: Schaut,
sucht,
genau,
schaut nach,
wer war das?
Wo ist er?
Wo hast du ihn gesehen?
Was war das für ein Mann?
Wo hat er sich versteckt?
Wohin ist er verschwunden?
Von hier sich davongemacht so schnell –

der Allerallerunverschämteste,
Trotzigste, Vermessenste,
der von allen, allen Menschen der Frechste!
Schaut umher,
seht genau hin,
forscht überall nach.
Ein Vagabund,
ein Vagabund,
ein Greis,
nicht von hier,
sonst hätte er nie den Fuß gesetzt
in den unbetretbaren Hain
der unbezwinglichen Jungfrauen,
die wir nur bebend nennen,
und an denen wir vorbeigehen
blicklos,
lautlos,
wortlos,
in andächtiger Betrachtung die Lippen
bewegend.
Und nun soll einer hier sein,
der sie nicht ehrt,
der sie nicht scheut!
Doch ich überschaue den ganzen geweihten Bezirk
und kann nicht erkennen, wo er wohl steckt.

OIDIPOUS: Hier, von dem ihr sprecht, das bin ich!
Das Ohr ist mein Auge, wie man so sagt.

CHOR: Io, io,
gräßlich zu schauen,
gräßlich zu hören!

Oidipous: Schutzflehend bitte ich,
seht mich nicht als Gesetzlosen an.

Chor: Zeus Alexetor,
rettender Zeus,
wer ist dieser Greis?

Oidipous: Gewiß nicht als von der Moira,
dem Schicksal,
Beglücktester zu preisen,
ihr Hüter dieses Landes,
ihr seht's. Würde ich mich sonst
mit fremden Augen dahinschleppen,
der Starke aufs Schwache gestützt?

Chor: Oh, diese blicklosen Augen,
hast du das von Geburt?
Elend und lang dein Leben, denke ich mir.
Aber soll ich dir raten,
so ziehe nicht auch noch diese Flüche auf dich
und auf uns.
Du gingst zu weit, zu weit!
Daß du nicht in das stille Tal hinabsteigst,
in das grasreiche,
wo im Krug das Wasser
mit Strömen flüssigen Honigs sich mischt.
Davor, Fremder, tief Unglücklicher, hüte
dich wohl!
Verlaß den Platz, weiche vom Ort,
komm dort heraus!
Weit entfernt bist du, das ist hinderlich.
Hörst du uns, mühsalbeladener Wanderer?
Willst du ein Wort mit uns wechseln,

verlaß das Unbetretbare! Und wo es allen
erlaubt ist, sprich!
Doch vorher nicht!

Oidipous: Tochter, wohin die Gedanken wenden?

Antigone: Wie seine Bürger müssen wir
die Bräuche dieses Landes üben,
wir müssen nachgeben und gehorchen.

Oidipous: So nimm mich bei der Hand jetzt.

Antigone: Ich fasse sie schon.
Hier, Vater, ich halte dich.

Oidipous: Hört, ihr Fremden, tut mir kein
Unrecht an,
wenn ich euch vertraue und herauskomme.

Chor: Niemand aus dieser Gegend soll je
von diesem Ort
dich, alter Mann, mit Gewalt vertreiben.

Oidipous: Noch weiter?

Chor: Geh noch ein paar Schritte weiter.

Oidipous: Weiter?

Chor: Führe ihn weiter nach vorn,
hierher, Mädchen,
weiter vor,
denn du siehst und verstehst.

Oidipous: Io, io.

Antigone: Folge mir,

folge mit dunklen blinden Schritten, Vater,
wohin ich dich führe.

Oidipous: Io, io, weh mir!

Chor: Entschließe dich, fasse Mut,
Fremder in fremdem Land,
du standhaft Duldender,
das, was die Stadt für unlieb hält, zu hassen,
und das, was ihr lieb ist, zu achten.

Oidipous: So führe mich, mein Kind,
den Weg der Achtung und der Scheu:
Da reden wir, da hören wir,
und mit dem, was sein muß,
streiten wir nicht mehr.

Chor: Halt, nicht weiter dort,
nicht über die Schwelle des gewachsenen Felsens
hinaus
setze den Fuß.

Oidipous: So weit?

Chor: Genug, ja, du hörst es.

Oidipous: Setze ich mich?

Chor: Ja, hier zur Seite,
auf den Rand des Felsens kauere dich hin.

Antigone: Vater, laß mich dir helfen.
Ganz ruhig …

Oidipous: Io, moi, moi.

Antigone: Setze Schritt vor Schritt.

Antigone hilft Ödipus aus dem Hain.

Deinen alten Leib –
hier ist mein Arm –
stütze ihn auf mich, die dich liebt.

OIDIPOUS: Oh mein grausames Verhängnis!

CHOR: Du unglücklich Duldender,
da du jetzt ausruhen kannst,
laß hören, wer du bist.
Wer bist du unter den Sterblichen?
Wer ist der Mühebeladene, der so geführt
werden muß?
Und deine Vaterstadt? Kann ich die erfahren?

OIDIPOUS: Ihr Fremden,
stadtlos, verbannt –
doch nein, nicht …

CHOR: Was sollen wir nicht, alter Mann?

OIDIPOUS: Nie, nie, nie mich befragen,
wer ich bin,
nicht weiter forschen, weiter suchen …

CHOR: Warum?

OIDIPOUS: Unheilvoll meine Geburt, unselig
dieser Leib …

CHOR: Sprich.

OIDIPOUS: Kind, weh mir!
Was sage ich?

CHOR: Wem entstammst du, Fremder,
sprich!
Von Vaters Seite?

OIDIPOUS: Oimoi,
was soll aus mir werden?

ANTIGONE: Rede, da dir nichts anderes mehr
übrigbleibt.

OIDIPOUS: So rede ich denn, es gibt
kein Verbergen mehr.

CHOR: Lang zögert ihr!
Also, beeile dich!

OIDIPOUS: Einen Laios-Sohn, kennt ihr den?
Oh!

CHOR: Io, io!

OIDIPOUS: Aus dem Labdakiden-Geschlecht?

CHOR: Oh Zeus!

OIDIPOUS: Den unglückseligen Oidipous?

CHOR: Das bist du?

OIDIPOUS: Schaudert doch nicht vor dem, was ich sage!

CHOR: Io, io!

OIDIPOUS: Ich Unglücklicher …

CHOR: Io, io, oh, oh!

OIDIPOUS: Tochter, was wird jetzt geschehen?

CHOR: Hinaus, zieht weiter,
verlaßt dieses Land!

OIDIPOUS: Und dein Versprechen?
Wie und wann willst du es halten?

CHOR: Niemanden straft das Schicksal,
der gleiches mit gleichem vergilt.
Du bist schuld, du wolltest uns betrügen
und deinen Namen nicht sagen.
Betrug um Betrug
schafft Mühsal, nicht Freundlichkeit.
Drum verlaß diesen Ort,
geh wieder fort,
hinaus aus unserem Land,
schnell,
daß du nicht noch mehr Befleckung
über unsere Stadt bringst.

ANTIGONE: Ihr Fremden,
ihr barmherzigen,
wenn meinen alten Vater ihr nicht dulden wollt,
weil ihr von seinen ungewollten Taten reden hörtet,
so habt mit mir Armen,
ich bitte euch, ihr Fremden,
Mitleid,
die für ihren Vater euch anfleht,
euch anfleht nicht blinden Auges,
sondern Aug in Aug euch anschaut,
wie ein Kind aus eurem Blut,
daß diesem Unglücklichen Erbarmen werde.
In eure wie in eines Gottes Hand
sind wir, die elend Duldenden, gegeben.
Kommt, gewährt die unerhoffte Gunst!
Bei allem, was euch lieb ist und wert,
sei's Kind, sei's Bett, sei's Gut, sei's Gott,
flehe ich euch an.
Denn wie sehr ihr auch schaut,

ihr findet keinen Sterblichen,
der, wenn ein Gott ihn führt,
dem entfliehen kann.

CHOR: So wisse, Kind des Oidipous,
mit dir wie mit ihm haben wir Mitleid
um eures Schicksals willen;
doch was von Göttern kommen kann,
das fürchten wir,
und so können wir weiter nichts sagen,
als was soeben verkündet wurde.

OIDIPOUS: Wie kann der Ruhm,
und wie der gute Ruf,
der in nichts zerfließt,
von Nutzen sein!
Von Athen wird gesagt,
es sei voll Gottesfurcht,
die einzige Rettung für den bedrohten Fremden
und sein einziger Schutz –
wo aber wird mir das zuteil,
da ihr mich erst aus jenem Ort herausgelockt habt
und nun vertreibt,
nur meinen Namen fürchtend?
Gewiß nicht diesen Leib hier
oder meine Taten;
denn meine Taten hab ich mehr erlitten als getan,
ich meine, was mit Vater und Mutter geschah;
denn deshalb erschreckt ihr vor mir,
ich weiß es wohl.
Und wieso bin ich ein Verbrecher,
der ich, als man mich schlug, zurückschlug,
so daß ich, hätte ich auch wissentlich gehandelt,

noch lange kein Verbrecher bin.
Nun, unwissend kam ich, wohin ich kam.
Doch die mir Übles taten,
wollten wissend meinen Untergang.
Drum flehe ich bei den Göttern euch an,
ihr Fremden,
so, wie ihr mich aus jenem Ort habt
herauskommen lassen,
so rettet mich jetzt auch.
Ihr, die ihr die Götter fürchtet,
laßt nie die Götter im Schatten stehen, nie!
Sie schauen auf den, der sie achtet,
sie schauen auf den, der sie mißachtet,
ein Entrinnen für die Gottlosen gab
es noch nie!
Im Bunde mit ihnen
verdunkle nicht den Ruf
der glücklich gepriesenen Stadt Athen
durch gottloses Tun.
Nein, wie ihr den Schutzflehenden aufnahmt
mit eurem Versprechen,
so schützt und schirmt mich auch jetzt.
Und blickst du mir ins unansehbare Gesicht,
verachte mich nicht,
denn ich komme zu euch
geheiligt und gottesfürchtig
und bringe Heil hier diesen Bürgern.
Wenn erst der Herr erscheint,
wer immer euch regieren mag,
werdet ihr alles hören und verstehen.
Bis dahin handelt ja nicht schlecht an mir.

Chor: Zu fürchten das,
Greis,
was du uns mahnend sagst,
tut bitter not.
Die Worte, die du sprachst,
sind nicht leicht zu nehmen.
Daß dieses Landes Herrscher dies entscheiden
sollen,
ist mir genug.

Oidipous: Und wo ist der Herrscher
dieser Gegend?

Chor: Wie seine Väter,
in der Hauptstadt dieses Landes.
Der dich zuerst entdeckt
und auch uns hierher geschickt hat,
geht ihn holen.

Oidipous: Und meint ihr,
für den Blinden fühlt er Rücksicht und Sorge,
daß er selbst hierherkommt?

Chor: Ganz gewiß, wenn er deinen Namen erfährt.

Oidipous: Wer wird ihm diese Nachricht melden?

Chor: Lang ist der Weg,
viele Reden pflegen unter Reisenden umzugehen,
wenn jener sie hört,
sei getrost,
so wird er erscheinen.
Denn dein Name, alter Mann,
ist überall bekannt.

Drum, selbst wenn er auch untätig ruht,
hört er von dir, ist er rasch hier.

OIDIPOUS: So möge er kommen,
zum Segen seiner Stadt
und auch mir.
Welcher Glücksbringer wäre nicht auch sich selber
Freund?

ANTIGONE: Oh Zeus, was sehe ich!
Was sage ich?
Wo geht mein Denken hin, Vater!

OIDIPOUS: Was ist, Antigone, mein Kind!

ANTIGONE: Eine Frau sehe ich,
sie kommt auf uns zu!
Auf einem Maultier vom Aetna,
auf dem Kopf einen thessalischen Sonnenhut,
er verdeckt ihr Gesicht.
Was sag ich?
Ist sie's?
Ist sie's nicht?
Die Meinung wandert hin und her,
ich sage ja, ich sage nein
und weiß nicht, was ich sagen soll.
Ich Arme,
niemand andres ist es.
Ja, mit heiteren Augen grüßend kommt sie heran.
Das kann nur bedeuten –
kein Zweifel –,
es ist Ismenes Haupt.

OIDIPOUS: Was sagst du, mein Kind?

ANTIGONE: Dein Kind,
meine Schwester sehe ich,
an der Stimme wirst du sie gleich erkennen.

ISMENE: Zwiefache Freude, Vater und Schwester zu grüßen!
Wie schwer war es,
euch zu finden,
und wie schwer machen es nun die Tränen,
euch wiederzusehen.

OIDIPOUS: Kind, bist du da?

ISMENE: Armer Vater, dich so zu sehen!

OIDIPOUS: Kind, bist du wirklich gekommen?

ISMENE: Nicht ohne Mühsal für mich.

OIDIPOUS: Fasse mich an, Tochter.

ISMENE: Ich fasse euch alle beide.

OIDIPOUS: Oh Töchter! Liebe Schwestern!
Blut vom gleichen Blut!

ISMENE: Oh, dies unglückselige Leben!

OIDIPOUS: Ihrs und meins.

ISMENE: Dazu mein elendes, als drittes.

OIDIPOUS: Was führt dich her, mein Kind?

ISMENE: Die Sorge um dich, Vater.

OIDIPOUS: Sehnsucht nach mir?

ISMENE: Ja, auch,

und um Nachricht dir zu bringen
mit dem einzigen treuen Diener, der mir blieb.

OIDIPOUS: Und deine Brüder, wo sind sie,
die kräftigen Kerle,
womit beschäftigt?

ISMENE: Sie sind, wo sie sind.
Schlimm steht es um sie jetzt.

OIDIPOUS: Wie sie so ganz den Ägyptern gleichen,
im Wesen und in der Lebensweise!
Denn dort sitzen die Männer zu Hause
am Webstuhl
und ihre Frauen besorgen draußen
den Lebensunterhalt,
tagaus, tagein.
So auch bei euch, Kinder,
wo jene, die sich um mich sorgen sollten,
wie die Jungfrauen zu Hause bleiben,
während ihr beiden
an ihrer Stelle
mein jammervolles Unheil auf euch nehmt.
Sie hier –
seit sie der Kindheit entwuchs
und erstarkte an Gliedern,
ist sie ständig mit mir vom Schicksal Geschlagenen
umhergeirrt,
als Altenführerin,
oft den wilden Wald, ohne Nahrung, barfuß,
durchstreifend,
oft unter Regen und Sonnenglut standhaft duldend,
hat sie der häuslichen Bequemlichkeit entsagt,

damit nur der Vater zu essen hat.
Und du, mein Kind,
kamst früher schon und hast,
von den Kadmeern unbemerkt,
dem Vater alle Orakelsprüche hinterbracht,
die über mich ergangen sind,
und warst mir eine treue Hüterin,
als man mich aus dem Lande trieb.
Nun kommst du wieder, Ismene,
um welche Nachricht dem Vater zu bringen?
Mit welchem Ziel bist du von zu Hause
aufgebrochen?
Denn du kamst nicht ohne Grund,
das weiß ich nur zu gut,
nicht ohne mir neuen Schrecken zu bringen.

ISMENE: Welche Leiden ich litt, Vater,
auf der Suche nach dem Ort,
an dem du dein Leben fristest,
lasse ich beiseite,
denn zweimal will ich nicht die Mühsal empfinden,
indem ich sie mit Worten wiederhole.
Doch was deine beiden unseligen Söhne jetzt
an Übeln umgibt,
das dir zu melden kam ich her.
Am Anfang wollten sie
in edlem Wettstreit
Kreon den Thron überlassen,
um so die Stadt vor Befleckung zu bewahren,
wohl gedenkend des alten Stamms Zerrüttung,
des uralten Fluchs,
der über deinem unglücklichen Hause waltet.

Doch dann,
von Göttern getrieben
und von eigenem frevelhaften Sinn,
befiel die dreifach Unglücklichen ein böser Streit
um die Macht und die Königsherrschaft,
bis daß der Jüngere und an Jahren Geringere
den vorher gezeugten Polyneikes des Throns
beraubte
und ihn vertrieb aus seinem Vaterland.
Dieser,
wie bei uns zunehmend die Rede geht,
zog in die Ebene von Argos, als Verbannter,
und gewann sich dort neue Verwandtschaft
und Freunde als Kampfgefährten,
um alsbald das Kadmeer Land ruhmvoll
zu unterwerfen
oder durch eine Niederlage
den Ruhm der Stadt Theben
zum Himmel aufsteigen zu lassen.
Das sind nicht bloße Worte, Vater,
sondern Taten voller Schrecken.
Doch wie die Götter deiner Leiden sich erbarmen
werden,
weiß ich nicht.

OIDIPOUS: So hast du noch Hoffnung,
die Götter trügen die mindeste Sorge um mich,
so daß ich einst gerettet würde?

ISMENE: Ja, Vater, nach den letzten Sehersprüchen, ja.

OIDIPOUS: Welche sind das? Was wurde Neues
geweissagt, Kind?

Ismene: Daß dich die Menschen dort einst brauchen werden,
im Tode wie im Leben,
zu ihrem eigenen Heil.

Oidipous: Wer kann sich von solchem Manne Gutes erhoffen?

Ismene: In dir, so heißt es, ruhe ihr Erfolg.

Oidipous: Nun, da ich nichts bin, wäre ich plötzlich ein Mann?

Ismene: Jetzt richten dich die Götter auf,
die früher dich vernichteten.

Oidipous: Als Greis den aufrichten, den man
als Jüngling stürzte –
wie erbärmlich!

Ismene: Auch wird Kreon,
mußt du wissen,
deswegen zu dir kommen und in gar nicht langer Zeit.

Oidipous: Um was zu tun, Tochter, erkläre es mir.

Ismene: Um dich nahe dem Kadmeer Land anzusiedeln,
so daß du in ihrer Gewalt bist,
aber nicht die Landesgrenzen überschreitest.

Oidipous: Was nützte es ihnen,
wenn ich vor Thebens Grenzen läge?

Ismene: Es träfe sie schwer,
bliebe dein Grab durch sie unversorgt.

Oidipous: Auch ohne Gott kann jeder mit Verstand
das wissen.

Ismene: Deswegen wollen sie dich nah an die Grenze
schaffen,
wo du nicht dein eigener Herr sein kannst.

Oidipous: Und mich in Thebens Erde legen?

Ismene: Das verbietet das vergossene Verwandtenblut.

Oidipous: Dann werden sie mich nie in die Gewalt
bekommen.

Ismene: Das wird einst schwer auf den Kadmeern
lasten.

Oidipous: Wann und wodurch wird sich
das zeigen, Kind?

Ismene: Durch deinen Zorn, wenn an dein Grab
sie treten wollen ...

Oidipous: Was du da sagst –
von wem hast du's gehört, mein Kind?

Ismene: Von Orakelbefragern,
die vom Herde Delphis kamen.

Oidipous: Und dies hat Phoibos wirklich verkündet?

Ismene: Das sagen die, die zurück nach Theben
kamen.

Oidipous: Hat einer meiner Söhne das gehört?

Ismene: Beide, in gleicher Weise,
und sie sind sich's wohl bewußt.

Oidipous: Und da haben die Schurken, als sie
das hörten,
der sorgenden Liebe zu mir
die Königsherrschaft vorgezogen?

Ismene: Mich schmerzt, es zu hören,
aber sagen muß ich es doch.

Oidipous: So sollen die Götter
den beiden
nie
den schicksalhaften Streit erlöschen lassen,
bei mir
soll die Entscheidung liegen über ihren Kampf,
in den sie jetzt eintreten,
den Speer in der Hand.
Der jetzt Szepter und Thron besitzt,
soll sie nicht behalten,
und der fortging, niemals wiederkehren.
Sie haben den Erzeuger,
mich,
als man mich ehrlos aus dem Vaterlande stieß,
weder gehalten noch verteidigt,
nein,
vertrieben wurde ich,
vor ihren Augen weggeschickt und als Verbannter
ausgerufen.
Du magst sagen,
ich hätte das ja selbst gewollt,
damals,
und die Stadt habe mir diese Gunst gewährt nach
Billigkeit!
Oh nein!

Als an jenem ersten Tage
mein Jähzorn noch kochte,
nichts mir so süß erschien,
als sterben und gesteinigt werden,
da gab es niemanden,
der dies Verlangen mir erfüllte.
Doch später,
als die ganze Verzweiflung sich schon milderte
und ich erkannte,
daß mein Gemüt sich verstiegen hatte
zu allzu harter Züchtigung meiner früheren
Verfehlungen,
da erst war's,
daß die Stadt
gewaltsam
mich aus dem Lande trieb,
nach langer Zeit.
Und sie, die Söhne ihres Vaters,
die dem Vater hätten helfen können,
waren nicht bereit zu handeln –
nein, wegen eines kleinen, von ihnen nicht
gesagten Wortes
bin ich als Verbannter
bettelnd umhergeirrt,
auf ewig.
Von diesen aber, die doch Mädchen sind,
habe ich,
soweit es ihr Geschlecht erlaubt,
den Lebensunterhalt,
den sicheren Aufenthalt im Lande
und die Kindespflege.
Jene dagegen zogen

dem Erzeuger
Thron und Szepter vor
und die Königsherrschaft im Land.
Doch niemals gewinnen sie mich
als Kampfgenossen
und niemals werden sie
aus dieser Herrschaft über Theben Nutzen ziehen.
Das weiß ich,
seit ich von dir den Seherspruch vernahm,
und wenn ich die alten Orakel bedenke,
die an mir Phoibos endlich erfüllt.
Sollen sie doch Kreon schicken,
um mich aufzuspüren,
oder wer sonst in der Stadt Macht hat.
Denn wenn ihr Fremden,
im Verein mit den erhabenen Göttinnen
eures Demos
mir Schutz gewährt,
so werdet ihr eurer Stadt
einen großen Beistand gewinnen,
meinen Feinden aber Mühsal bereiten.

CHOR: Würdig bist du, Oidipous, unseres Mitleids,
du und deine beiden Töchter.
Da du dich diesem Land
als Beistand anträgst
in deiner Rede,
will ich dir empfehlen, was dir nützlich ist.

OIDIPOUS: Mein Lieber, alles will ich tun,
was du gastfreundlich empfiehlst.

CHOR: Bringe jetzt ein Reinigungsopfer dar

den Gottheiten, zu denen du zuerst kamst
und deren Grund du betratst.

OIDIPOUS: Auf welche Art?
Fremde, belehrt mich.

CHOR: Zuerst hole heilige Trankspenden
von der ewig fließenden Quelle,
mit reinen Händen schöpfe sie.

OIDIPOUS: Und habe ich dann das unvermischte
Naß geschöpft?

CHOR: Mischkrüge gibt's dort,
Werk eines kunstfertigen Mannes;
deren Hals bekränzt du und ihre beiden Henkel.

OIDIPOUS: Mit Zweigen oder Bändern? Oder wie sonst?

CHOR: Du mußt frisch geschorene Lammwolle
nehmen.

OIDIPOUS: Gut. Und wie soll ich es vollenden?

CHOR: Die Spenden gießt du aus, zum ersten
Morgenlicht gewandt.

OIDIPOUS: Aus jenen Krügen gieße ich sie, von denen
du sprachst?

CHOR: Drei Güsse.
Den letzten Krug leerst du ganz.

OIDIPOUS: Womit fülle ich den?
Lehre mich auch das.

CHOR: Mit Wasser, mit Honig,
aber nimm keinen Wein.

OIDIPOUS: Und wenn die Erde, die schwarzbelaubte,
es aufgenommen hat?

CHOR: Dreimal neun Zweige,
mit beiden Händen,
lege darüber,
vom Ölbaum,
und sprich dieses Gebet.

OIDIPOUS: Das will ich hören. Das ist das Wichtigste.

CHOR: Da wir sie Eumeniden nennen,
die Wohlmeinenden,
mögen sie wohlmeinenden Herzens
empfangen den Schutzflehenden,
daß Heil er bringe.
So bete du,
oder jemand anderes für dich,
mit unhörbarer Stimme,
ohne weittönenden Laut.
Dann geh fort,
wende dich nicht um,
und hast du das getan,
will ich getrost dir beistehen,
wenn nicht,
fürchte ich, Fremder, für dich.

OIDIPOUS: Kinder,
hört ihr, was die Fremden,
die hier wohnen, sagen?

ISMENE: Wir haben es gehört,
und du sag uns, was zu tun ist.

Oidipous: Ich kann den Weg nicht machen,
mir fehlt es an Kraft und Augenlicht –
doppeltes Übel.
Eine von euch soll gehen und es verrichten.
Es reicht, so denke ich,
eine Seele für Tausende,
diese Pflicht zu erfüllen,
wenn sie mit ernstem, rechten Sinn es tut.
Doch handelt schnell –
aber allein laßt mich nicht,
denn keine Kraft hat dieser Leib,
sich zu bewegen,
ohne jemand, der mich führt.

Ismene: So werde ich es tun.
Den Ort, wo ich hingehen muß, möchte ich
wissen.

Chor: Dort, jenseits des Hains, Fremde.
Wenn du irgend etwas brauchst,
dort wohnt jemand, der dir hilft.

Ismene: Ich gehe dorthin.
Antigone, du sorgst hier für den Vater.
Für Eltern sich mühen
darf man Mühsal nicht nennen.

Chor: Schrecklich ist es,
ein Leid, das lange geruht hat, aufzuwecken.
Doch verlangt es mich zu erfahren …

Oidipous: Was?

Chor: Das elende, ausweglos scheinende Leiden,
das dich traf.

Oidipous: Nein, bei deiner Gastfreundschaft,
enthülle nicht die Schande, die mir widerfuhr.

Chor: Das viel und oft Gehörte, Fremder,
möchte ich genauer erfahren.

Oidipous: Oimoi.

Chor: Gib nach, ich bitte dich.

Oidipous: Pheu, pheu.

Chor: Füge dich,
ich tat es ja auch, als du mich batest.

Oidipous: Ich erlitt das Schlimmste, Fremde,
erlitt es ungewollt,
eigene Wahl gab es nicht.

Chor: Wie ging das zu?

Oidipous: In ein verbrecherisches Bett
band mich Ahnungslosen die Stadt
durch einen verfluchten Eheschluß.

Chor: So hast du, wie ich hörte,
mit der Mutter das verbotene Lager geteilt?

Oidipous: Oimoi,
lieber tot, als das hören.
Fremde,
da, diese beiden sind meine …

Chor: Was sagst du?

Oidipous: … meine Kinder,
zwiefach verfluchtes Verhängnis!

CHOR: Oh Zeus.

OIDIPOUS: Den Wehen derselben Mutter entsprossen …

CHOR: So sind sie deine Töchter und …

OIDIPOUS: Zugleich des Vaters Schwestern.

CHOR: Ioh!

OIDIPOUS: Ioh!
Da!
Zehntausendfach kehrt das Grauen wieder.

CHOR: Du littest …

OIDIPOUS: Ich litt, das Unerträgliche zu tragen.

CHOR: Du begingst …

OIDIPOUS: Ich beging nichts.

CHOR: Wie?

OIDIPOUS: Ich empfing es als Geschenk
für den Dienst, den ich der Stadt erwies.
Oh, hätte ich Unglücklicher nie es angenommen.

CHOR: Unseliger, Bejammernswerter, Elender!
Nun aber – nicht wahr?
Du begingst Mord …

OIDIPOUS: Was ist? Was wollt ihr noch wissen?

CHOR: An deinem Vater.

OIDIPOUS: Papai!
Schlag auf Schlag!
Wunde auf Wunde!

Chor: Du erschlugst …

Oidipous: Ja, ich erschlug. Doch gibt es …

Chor: Was denn?

Oidipous: Eine Rechtfertigung.

Chor: Wieso?

Oidipous: Ich sage es.
Die ich tötete, hätten mich erschlagen.
Vor dem Gesetz bin ich rein.
Unwissend kam ich dazu.

Chor: Doch da ist unser Herr,
der Aigeus-Sohn Theseus.
Auf deinen Ruf kam er her.
Er steht vor dir.

Theseus: Viel hörte ich schon früher
von der blutigen Zerstörung deiner Augen.
Drum habe ich dich erkannt,
Sohn des Laios.
Und was man auf dem Weg hierher mir sagte,
macht mich noch sicherer.
Dein Kleid
und dein jammervolles Haupt
zeigen uns,
daß du es bist.
Und voller Mitleid möchte ich dich fragen,
unglücklicher Oidipous,
mit welcher Bitte
an die Stadt und mich
du herkamst,

du und die Ärmste, die bei dir steht.
Sag es mir.
Eine ungeheuerliche Tat
müßtest du schon von mir verlangen,
daß ich mich dir verweigern sollte.
Ich habe nicht vergessen,
daß ich aufwuchs in der Fremde, wie du,
und daß ich mehr als andere Menschen
in der Fremde Gefahren bestand,
um meinen Kopf zu retten.
Drum kann ich von keinem Fremden,
wie du einer bist,
mich abwenden
und ihm nicht beistehen.
Denn ich weiß, daß ich Mensch bin,
und daß mir sowenig wie dir
der morgige Tag gewiß ist.

OIDIPOUS: Theseus, dein Edelmut hat es mit wenig
Worten möglich gemacht,
daß ich nur kurz zu reden brauche.
Du hast, wer ich bin,
von welchem Vater ich stamme
und aus welchem Land ich kam,
richtig getroffen.
So bleibt mir nichts weiter,
als zu nennen, was mir nötig ist,
und die Rede ist am Ziel.

THESEUS: Genau das erkläre mir jetzt,
ich will es wissen.

OIDIPOUS: Ich kam,

um dir diesen elenden Leib zum Geschenk
zu bringen.
Nicht begehrenswert zu schauen,
aber sein Nutzen ist größer als sein Äußeres schön.

THESEUS: Welchen Nutzen, behauptest du, kannst du
bringen?

OIDIPOUS: Mit der Zeit wirst du es erfahren,
jetzt wohl noch nicht.

THESEUS: Wann also wird deine Gabe sich offenbaren?

OIDIPOUS: Sobald ich tot bin
und du mir Bestattung gewährst.

THESEUS: Um das Letzte im Leben bittest du.
Was dazwischenliegt,
vergißt du,
oder gilt es dir für nichts?

OIDIPOUS: Mit dem Letzten wird auch für das andere
gesorgt.

THESEUS: Nun, sie ist rasch gewährt, die Gunst,
um die du bittest.

OIDIPOUS: Jedoch gib acht,
das wird kein kleiner Kampf sein,
nein, oh nein!

THESEUS: Zwischen deinen beiden Söhnen und mir,
meinst du das?

OIDIPOUS: Sie wollen mich mit Zwang nach Theben
bringen.

THESEUS: Wenn sie es wollen –
sich zu weigern und im Exil zu bleiben
wäre für dich unpassend.

OIDIPOUS: Doch als ich es selber wollte, ließen sie's
nicht zu.

THESEUS: Du Narr,
Jähzorn ist, wem's übel geht, nicht förderlich.

OIDIPOUS: Wenn du mich angehört hast, tadele,
jetzt nicht.

THESEUS: So unterrichte mich.
Ohne Kenntnis sollte ich nicht reden.

OIDIPOUS: Erduldet habe ich,
schrecklich,
Leid auf Leid.

THESEUS: Vom alten Unheil deines Stamms
sprichst du?

OIDIPOUS: Oh nein,
davon wird in ganz Hellas ja geredet.

THESEUS: Dann muß das Leid, an dem du krankst,
noch größer, übermenschlich sein.

OIDIPOUS: Mit mir steht es so:
Aus meinem Land bin ich vertrieben worden
von meinem eigenen Stamm,
und Wiederkehr bleibt ewig mir verwehrt,
als Vatermörder.

THESEUS: Warum schicken sie dann nach dir,
wenn du abseits wohnen sollst?

Oidipous: Dazu zwingt sie der Götterspruch.

Theseus: Und womit bedroht sie das Orakel?

Oidipous: Es ist verhängt,
daß sie geschlagen werden in diesem Land.

Theseus: Und wie käme zwischen mir und ihnen
Bitternis und Feindschaft auf?

Oidipous: Oh liebster Aigeus-Sohn,
nur die Götter kennen kein Alter
noch jemals den Tod;
alles andere stürzt die allmächtige Zeit.
Es welkt die Kraft der Erde,
es welkt die des Leibes,
es stirbt die Treue, es keimt die Untreue,
und der Wind weht niemals gleich
zwischen Freund und Freund,
zwischen Stadt und Stadt.
Dem einen wird gleich, dem anderen später
das Erquickende bitter
und dann wieder lieb.
Und wenn zwischen Theben und dir
jetzt auch schönstes Wetter herrscht –
unendlich viele Nächte und Tage
gebiert die unendliche Zeit auf ihrem Gang,
an denen das jetzt einträchtige Bündnis
durch den Speer zerrissen werden kann,
um ein winziges Wort.
Dann wird
mein in der Erde schlummernder und
verborgener Leib,

der kalte,
ihr warmes Blut trinken,
wenn Zeus noch Zeus ist
und sein Sohn Phoibos wahr.
Doch da es nicht erfreulich ist,
zu rühren an das Unaussprechliche,
bleib ich bei dem, womit ich begann;
du aber wahre mir treu dein gegebenes Wort,
so wirst du niemals sagen müssen,
den Oidipous hättest du nutzlos
als Bewohner aufgenommen in diesen Gefilden –
wenn die Götter mich nicht täuschen.

CHOR: Herr, von Anfang an hat dieser Mann
dieses und ähnliches
für das Land zu vollbringen versprochen.

THESEUS: Wer würde
das Wohlwollen eines solchen Mannes
verschmähen?
Zunächst steht ihm als Waffenbruder
stets ein Platz an unserem Herde offen.
Und dann ist er
schutzflehend
zu jenen Dämonen gekommen
und bietet dem Lande und mir einen
nicht geringen Tribut.
Dies achtend
werde ich nie die Gunst dieses Mannes verschmähen,
vielmehr ihn in diesem Land
als Bürger wohnen lassen.
Doch wenn hier draußen zu bleiben
dem Fremden gefällt,

befehle ich euch, über ihn zu wachen.
Wenn mit mir zu kommen ihm gefällt –
Oidipous,
dir überlasse ich die Entscheidung
und ich stimme ihr zu.

OIDIPOUS: Oh Zeus,
wolle diesen Menschen wohl!

THESEUS: Was wünschst du?
Kommst du in mein Haus?

OIDIPOUS: Hätte ich das Recht dazu,
doch dies hier ist der Ort …

THESEUS: Wo du was tust? Ich bin nicht dagegen.

OIDIPOUS: Hier werde ich die besiegen,
die mich ausgestoßen haben.

THESEUS: Groß wäre das Geschenk deiner Gegenwart.

OIDIPOUS: Wenn du dem, was du versprachst,
treu bleibst und es mir erfüllst.

THESEUS: Sei guten Mutes,
was mich betrifft, ich gebe dich nicht preis.

OIDIPOUS: Nicht mit einem Eid
wie einen schlechten Menschen
will ich dich binden …

THESEUS: Du gewännst dadurch nicht mehr als
durch mein Wort.

OIDIPOUS: Was wirst du also tun?

THESEUS: Wovor hast du am meisten Angst?

OIDIPOUS: Es werden Männer kommen.

THESEUS: Darum werden diese sich kümmern.

OIDIPOUS: Doch wenn du mich jetzt verläßt …

THESEUS: Belehre mich nicht, was ich tun soll.

OIDIPOUS: Vor Angst kann ich nicht anders.

THESEUS: Ich habe keine Angst im Herzen.

OIDIPOUS: Du weißt nichts von den Drohungen.

THESEUS: Ich weiß,
daß dich kein Mann von hier entführen wird,
gewaltsam,
gegen meinen Willen.
Viele Drohungen
haben viele vergeblich im Jähzorn gedroht.
Doch wenn der Sinn wieder zur Vernunft kommt,
sind die Drohungen dahin.
Und wenn jene auch
schreckeinflößend zu sagen sich erkühnen,
sie würden dich entführen,
so weiß ich doch,
daß zwischen dort und hier
sich ihnen ein weites Meer auftun wird,
ein nicht gut schiffbares.
Also fasse nun Mut,
ungeachtet meines Beschlusses,
mich zu entfernen;
das empfehle ich dir,

wenn denn Phoibos dich hierher geleitet hat.
Und selbst wenn ich nicht anwesend bin,
so weiß ich doch,
daß mein Name dich beschützen wird
vor allen Übeln.

CHOR: Zu rosseguten,
Fremder,
zu diesen Landes
herrlichsten Gefilden kamst du,
zum kalkweiß schimmernden Kolonos,
wo helltönend schluchzt
die dauernd hier weilende
Nachtigall,
die in grünen Schluchten
den weinfarbig dunklen Efeu bewohnt
und das unberührte,
des Weingottes Laub
mit den unzähligen Früchten,
sonnengeschützt,
windgeschützt vor allen Stürmen,
dort,
wo der bacchantisch ewig schwärmende
Dionysos schreitet,
geschäftig umsorgt
von seinen göttlichen Ammen.
Aufsprießt
unterm Himmelstau
in schönen Dolden
Tag um Tag
der Narkissos – die Narzisse,
der großen Göttinnen,

Demeters und Persephones,
uralt bekränzender Schmuck.
So auch der goldschimmernde Krokos,
der Safran.
Und die nie schlummernden Quellen
versiegen nicht,
die des Kephisos Fluten speisen,
nein,
Tag um Tag,
beständig,
schnell befruchtend,
durchfließen sie Eleusis' Ebene,
mit unvermischt reinem Rieseln
sich ergießend über das breitbrüstige Land.
Und der Musenchor verschmäht es nicht
und nicht die mit den goldenen Zügeln –
Aphrodite.
Es gibt etwas,
von dem ich aus Asien nichts hörte,
noch daß es jemals
der großen dorischen Insel des Pelops
entsprossen sei,
ein Gewächs,
selbstgenügsam,
sich selbst erneuernd,
den feindlichen Speeren ein Schrecknis,
das hier am besten gedeiht,
auf diesem Boden,
blauglänzend die Blätter,
kinderernährend –
der Ölbaum.
Und niemand,

weder jung noch alt,
kann ihn mit frevelnder Hand
zerstören oder vernichten.
Denn über ihn wacht
der ewig blickende Augenkreis
des Zeus Morios,
des Ölbaum beschützenden Zeus,
und die mit den blauglänzenden Augen –
Athene.
Einen anderen Lobpreis weiß ich
für diese meine Mutterstadt,
den herrlichsten zu nennen,
Geschenk des großen Daimon,
des Landes höchsten Stolz:
die guten Rosse, die guten Fohlen,
die guten Schiffe.
Oh Kind des Kronos,
denn du hast uns hier
zu diesem Stolz erhoben,
Herrscher Poseidon!
Du hast den Pferden
den zähmenden Zügel
erstmalig angelegt
auf unseren Straßen.
Und gut geführt,
mächtig über die See hin,
fliegt das der Hand gefügte Ruder
und springt,
vom hundertfüßigen Tanz der Nereiden,
der fünfzig Meerestöchter,
begleitet.

Antigone: Oh du,
mit Lob am höchsten gepriesenes Land,
nun ist es an dir,
diese glänzenden Worte zu bewähren.

Oidipous: Was ist, Kind?
Was gibt es Neues?

Antigone: Es naht sich Kreon,
dort,
er kommt auf uns zu,
und nicht ohne Begleitung, Vater.

Oidipous: Ihr liebsten Alten,
von euch hängt jetzt
das Ziel meiner Rettung ab.

Chor: Nur Mut,
es wird dir werden.
Denn sind wir auch alt,
das Land hat ungealterte Kräfte.

Kreon: Ihr Männer,
dieses Landes edle Bewohner,
ich sehe es in euren Augen:
Euch ergriff Furcht
bei meinem plötzlichen Erscheinen.
Habt keine Angst
und äußert kein böses Wort.
Ich kam,
nicht um jemandem etwas anzutun;
denn alt bin ich.
Zu einer Stadt mit großer Macht,
ich weiß,

bin ich gekommen,
wie keine sonst in Hellas groß!
Nein,
nach diesem Mann wurde ich,
alt wie ich bin,
ausgesandt,
um ihn zu überreden,
mitzukommen ins Kadmeer Land.
Nicht von einem entsandt,
vielmehr von allen Bürgern beauftragt.
Denn mich ging,
als Anverwandten,
die Trauer um sein Leiden
von allen am meisten an in der Stadt.
Drum,
mühsalgeplagter Oidipous,
höre auf mich und kehre heim.
Das ganze Kadmeer Volk ruft dich,
mit Recht,
und von allen am meisten ich,
der ich am meisten –
sonst wäre ich ja von allen Menschen
der schlechteste –
leide unter deinen Übeln,
alter Mann,
wenn ich dich sehe,
wie du Bejammernswerter in der Fremde lebst,
immer auf Wanderschaft,
auf eine einzige Begleiterin gestützt
brotlos dahinziehst,
von der ich Armer,
daß sie in solche Schande fiele,

nie hätte glauben können,
in die sie jetzt gefallen ist,
dort, die Unglückselige,
immer dich umsorgend und dein Haupt
mit Bettelkost, so jung,
nichts von Heirat wissend,
dem ersten besten zur Beute –
ist es nicht jämmerliche Schmach,
die ich Armer häufe
über dich, über mich, über unser
ganzes Geschlecht?
Doch läßt sich,
was zutage liegt,
nicht verbergen.
Drum,
bei den Göttern deiner Väter,
hör auf mich, gib nach,
entschließe dich,
zur Stadt zurückzukehren
und zum Haus deiner Väter.
Dieser Stadt sage freundlich Lebewohl,
sie ist es wert.
Deine Vaterstadt jedoch hat größeres Recht
auf deine Achtung;
denn sie hat dich von alters her genährt.

OIDIPOUS: Du dreist alles Wagender,
aus jeder gerechten Sache
ziehst du ein Gewebe bunter Ränke.
Warum versuchst du das
und willst mich ein zweites Mal fangen
in der mir schmerzlichsten Falle?

Denn früher,
als ich an meines Hauses Übeln krankte,
so daß es mir eine Lust schien,
verstoßen zu werden aus dem Land,
da wolltest du sie dem,
der sie wollte,
nicht gewähren, diese Gunst.
Doch als dann schon gesättigt war mein Zorn,
und mir zu Haus zu leben süß erschien,
da stießest du mich fort,
warfst mich hinaus,
und dir lag die Verwandtschaft,
von der du sprachst,
damals durchaus nicht am Herzen.
Jetzt abermals,
wo du siehst,
wie diese Stadt mir freundlich wohlwill
und all das Volk,
versuchst du,
mich wegzureißen,
Hartes in weiche Worte kleidend.
Doch wie kann Befriedigung darin liegen,
einem Unwilligen Freund zu sein?
Nimm an,
du bätest inständig,
um etwas zu erlangen,
niemand will geben,
niemand will helfen,
und erst,
als dein Bedürfnis schon gesättigt ist,
erhieltest du das Geschenk,
da diese Gunst dir keine Gunst mehr ist.

Hättest du nicht ganz nutzlos diese Wohltat erlangt?
So steht es in der Tat mit dem,
was du mir vorschlägst,
dem Wort nach edel,
in der Sache schlecht.
Und so spreche ich auch zu diesen hier
und offenbare deine Schlechtigkeit.
Du kamst, um mich zu holen,
aber nicht, um mich nach Hause zu führen,
sondern um mich draußen anzusiedeln,
in der Nachbarschaft,
daß dir die Stadt
von Übeln unbeschädigt bliebe,
die ihr drohen mögen von diesem Land.
Das wird dir nicht zuteil,
denn dir wird dies zuteil:
Es kommt in dein Land mein Rachegeist,
um dort zu hausen,
für immer.
Meinen Söhnen aber wird zuteil
von meinem Land
nur soviel, um darauf zu sterben.
Nun, bin ich nicht besser als du
über Thebens Dinge unterrichtet?
Viel besser sogar,
da ich es von Wahrhaftigeren hörte,
von Phoibos
und von Zeus selbst, der sein Vater ist.
Du kommst hierher
mit deinem falschen Maulwerk
und deiner allzu spitzen Zunge,
doch dein Reden schadet dir eher,

als daß es dir nützt.
Nun ja, ich weiß,
das überzeugt dich nicht.
Also geh,
uns laß hier leben,
denn nicht schlecht,
und sei's auch, wie es jetzt ist,
werden wir leben,
wenn wir nur daran Freude haben.

KREON: Glaubst du,
ich stünde kläglich da vor dir
oder nicht vielmehr du vor dir selbst
in dieser Unterredung?

OIDIPOUS: Mir ist am liebsten,
wenn du weder mich bereden kannst
noch die hier bei mir sind.

KREON: Unseliger,
hat nicht einmal die Zeit dir Verstand
wachsen lassen,
daß du zur Schande des Alters weiterlebst?

OIDIPOUS: Deine Zunge ist geschickt,
aber ich kenne keinen rechtschaffenen Mann,
der über alles und jedes gleich gut sprechen kann.

KREON: Es ist ein Unterschied, viel zu reden
oder das Rechte zu treffen.

OIDIPOUS: Du redest also kurz und treffend?!

KREON: Nicht für Leute mit einem Verstand
wie dem deinen.

Oidipous: Verschwinde,
ich spreche auch für diese hier,
überwache mich nicht,
bedränge mich nicht
hier, wo mir zu wohnen bestimmt ist.

Kreon: Zu Zeugen rufe ich diese an,
nicht dich,
wie du den Deinen antwortest.
Doch wenn ich dich einst zu fassen kriege …

Oidipous: Wer wird
bei solchen Helfern
mit Gewalt mich fassen?

Kreon: Du wirst auch so zu leiden haben.

Oidipous: Auf welche Tat will deine Drohung
hinaus?

Kreon: Von deinen beiden Töchtern
habe ich die eine schon ergriffen und
wegbringen lassen.
Die andere folgt alsbald.

Oidipous: Oimoi!

Kreon: Bald hast du noch mehr Grund,
so wehzuklagen.

Oidipous: Du hast mein Kind?

Kreon: Nicht lange, dann auch diese hier.

Oidipous: Io! Ihr Fremden,
was wollt ihr tun?

Verratet ihr mich
und werft den Frevler nicht aus dem Land?

CHOR: Fort mit dir, Fremder,
hinaus, schnell!
Denn es ist nicht recht, was du jetzt tust,
wie auch nicht das, was du schon tatest.

KREON: Ihr da! Jetzt ist der Moment, sie wegzuführen,
und mit Gewalt,
wenn sie nicht mitgehen will.

ANTIGONE: Oimoi!
Ich Unglückliche! Wohin fliehen?
Wo finde ich von Göttern Hilfe
oder von Menschen?

CHOR: Was tust du, Fremder!

KREON: Ich rühre ihn nicht an,
diesen Mann,
nur die zu mir gehört.

OIDIPOUS: Oh, Herrscher dieses Landes!

CHOR: Fremder, du tust unrecht!

KREON: Recht tue ich.

CHOR: Wieso recht?

KREON: Die Meinen nehme ich mit mir.

OIDIPOUS: Ioh!
Du Stadt! Höre es!

CHOR: Was tust du, Fremder!

Läßt du sie nicht gehen?
Gleich sollst du meine Fäuste spüren!

KREON: Weicht zurück!

CHOR: Nicht vor dir, wenn du sowas im Sinn hast.

KREON: Gegen die Stadt Theben kämpfst du,
wenn du mich verletzt!

OIDIPOUS: Hab ich's euch nicht gesagt?

CHOR: Laßt die Hände von dem Kind!

KREON: Befiehl nicht, wo du keine Macht dazu hast.

CHOR: Laßt los, sage ich euch!

KREON: Und ich sage euch, bringt sie weg.

CHOR: Kommt hierher!
Kommt!
Kommt herbei,
Landsleute!
Die Stadt wird verletzt,
sie wird bedroht, vergewaltigt!
Meine Stadt!
Mit Gewalt!
Kommt herbei, hierher zu mir!

ANTIGONE: Weggeschleppt, ich Arme!
Oh, ihr Fremden, ihr Freunde!

OIDIPOUS: Wo bist du, Kind, wo?

ANTIGONE: Mit Gewalt werde ich abgeführt.

Antigone klammert sich an Ödipus.

OIDIPOUS: Streck sie aus,
Kind,
deine Hände!

ANTIGONE: Aber ich habe nicht die Kraft.

KREON: Führt ihr sie nicht weg, ihr da?

OIDIPOUS: Oh ich Armer, ich Armer!

KREON: Jetzt wirst du nie mehr
auf diese beiden Stäbe gestützt
deines Weges ziehen.
Da du den Sieg willst
über dein Vaterland
und über die Deinigen,
auf deren Geheiß ich dies vollbringe,
obwohl ich ihr Herrscher bin,
so siege!
Mit der Zeit,
ich weiß es,
wirst du erkennen,
daß du an dir selbst weder jetzt Gutes tust
noch früher je getan hast,
als du,
gewalttätig gegen die Deinigen,
deinem Jähzorn dich hingabst,
der schon immer dein Verderben war.

CHOR: Hiergeblieben, Fremder!
Bleib stehen!
Halt!

KREON: Faß mich nicht an, sag ich.

CHOR: Ich lasse dich nicht frei,
solange du die Mädchen hast.

KREON: So wirst du noch größere Buße
der Stadt Theben sehr bald zahlen müssen,
denn ich lege nicht nur Hand an diese beiden.

CHOR: Was hast du vor?

KREON: Den greif ich mir und führe ihn weg.

CHOR: Ein unerhörtes Wort!

KREON: Und wird jetzt in die Tat umgesetzt,
wenn mich der Herrscher dieses Landes
nicht daran hindert.

OIDIPOUS: Oh, diese Stimme!
Schamlos!
Faßt du mich wirklich an?

KREON: Ich sage dir, sei still!

OIDIPOUS: So mögen diese Daimonen
nicht sprachlos mich verstummen lassen
vor diesem meinem Fluch,
du Allerschlechtester,
der du mir mein hilfloses Auge,
das mir nach meinen früheren Augen blieb,
entrissen hast
mit Gewalt.
So gebe dir selbst und deinem Stamm
der von den Göttern alles sehende Helios,
der Sonnengott,
daß du im Alter
dasselbe Leben führen mußt wie ich.

KREON: Seht ihr das, Bewohner dieses Landes?

OIDIPOUS: Sie sehen mich und dich
und verstehen,
daß ich, der unter deinen Taten leidet,
mit Worten mich gegen dich wehren muß.

KREON: Ich halte ihn nicht mehr zurück,
den Zorn,
und entführe ihn mit Gewalt,
den da,
obwohl ich allein bin
und vom Alter schwach.

OIDIPOUS: Io! Ich Armer.

CHOR: Mit welcher Frechheit kamst du her,
Fremder,
zu glauben, daß dir das gelingt!

KREON: Ich glaube es.

CHOR: Dann wäre Athen für mich nicht mehr Athen.

KREON: In einer gerechten Sache
besiegt der Kleine den Großen.

OIDIPOUS: Hört ihr, wie er tönt?

CHOR: Es wird ihm nicht gelingen,
Zeus weiß es.

KREON: Zeus weiß es vielleicht,
du aber nicht.

CHOR: Ist das nicht Hybris?
Das ist Übermut, Frevelmut!

KREON: Hybris vielleicht,
doch du mußt es ertragen.

CHOR: Ioh! Alles Volk!
Ioh! Erste des Landes,
Kommt herbei! Schnell!
Hilfe! Hierher!
Kommt!
Denn sie gehen bald über die Grenze.

THESEUS: Was ist das für ein Geschrei?
Was geht hier vor?
Welche Furcht treibt euch,
mein Rinderopfer zu unterbrechen,
dort, am Altar des Meergottes,
des Schutzherrn von Kolonos?
Sprecht,
dann weiß ich alles,
warum ich hierhereilen mußte,
schneller als dem Fuße lieb war.

OIDIPOUS: Oh liebster Freund,
denn ich erkenne deine Stimme,
mir widerfuhr unerhört Schreckliches
durch jenen Mann,
gerade eben.

THESEUS: Was war das? Wer hat dir Schaden zugefügt?
Sprich!

OIDIPOUS: Kreon,
er, da,
siehst du ihn?
Von meinen Kindern entriß er mir,

was einzig mir noch blieb,
das Töchterpaar.

THESEUS: Was sagst du da?

OIDIPOUS: Was mir widerfuhr, hast du gehört.

THESEUS: So soll schnellstens einer meiner Begleiter
dort zu den Altären gehen
und alles Volk veranlassen,
unberittenes und berittenes,
von den Opfern weg
dorthin zu eilen mit verhängten Zügeln,
wo die beiden Landstraßen
sich am Ende vereinen,
damit die Mädchen darüber nicht hinausgelangen
und ich zum Gespött werde vor diesem Fremden,
überwältigt durch Gewalt.
Geht, wie befohlen, schnell!
Der dort jedoch –
ließ ich im Zorn mich gehen,
wie er's verdiente,
nicht unverletzt käme er aus meinen Händen.
Nun,
da er selbst hier Gesetze eingeführt hat,
soll er nach diesen
und nach keinen anderen behandelt werden.
Denn du gehst nicht aus diesem Land,
bevor du nicht jene Mädchen
mir hier vors Auge gestellt hast.
Dein Verhalten ist weder meiner würdig
noch deines eigenen Stamms
noch deines Landes.

In eine Gerechtigkeit übende Stadt kamst du,
die ohne Gesetz nichts unternimmt,
und du scherst dich nicht
um dieses Landes Satzungen,
brichst hier ein,
nimmst dir, was dir gefällt,
und bringst es an dich mit Gewalt!
Und meine Stadt hältst du für männerleer
oder von Sklaven bewohnt
und mich selbst für ein Nichts?
Jedoch Theben hat dich nicht erzogen,
Übles zu tun.
Sie pflegen dort nicht
Männer gesetzlos aufzuziehen,
und sie werden es nicht billigen,
wenn sie hören,
daß du mein Eigentum raubst
und das der Götter,
mit Gewalt entführst
unglückliche Menschen –
Schutzflehende!
Nie würde ich,
beträte ich dein Land,
und hätte ich auch alles Recht dazu,
ohne den Willen der Herrscher des Landes,
wer immer es sei,
etwas verschleppen oder mit mir führen.
Nein, ich wüßte,
wie der Fremde vor den Bürgern sich
verhalten muß.
Sie hat es nicht verdient,
daß du ihr Schande machst, die Stadt,

deine eigene Stadt!
Die Fülle deiner Jahre
machte dich zum Greis
sowie deinen Verstand leer.
Ich sagte es vorhin, ich sage es jetzt:
Jemand soll die Mädchen schnellstens
hierherbringen,
wenn du nicht Mitbewohner werden willst
in diesem Land,
zwangsweise und wider deinen Willen.
Das sagt dir mein Verstand so gut wie
meine Zunge.

CHOR: Du siehst, wohin du kamst,
Fremder,
von Herkunft schienst du rechtschaffen,
in Taten erweist du dich als schlecht.

KREON: Nicht für männerleer diese Stadt haltend,
Kind des Aigeus,
und nicht unberaten,
wie du sagst,
habe ich diese Handlung unternommen.
Ich war überzeugt,
die Bürger hier könne kein solcher Eifer
befallen haben
für die mir Blutsverwandten,
um sie gegen meinen Willen hier zu halten,
mit Gewalt.
Ich wußte,
daß ihr einen solchen Mann,
einen Vatermörder, einen Befleckten,
nicht aufnehmen würdet,

und nicht einen,
dessen Heirat sich erwies
als unheiligste Verbindung
zwischen Mutter und Sohn.
Auch daß auf dem Areopagos,
dem Areshügel,
in diesem Land ein weises Gericht besteht,
wußte ich,
welches nicht zuläßt,
daß sich solche Vagabunden
ansiedeln in der Stadt.
In diesem Glauben
habe ich Hand an diese Beute gelegt
und hätte es nicht unternommen,
wenn dieser nicht bittere Flüche
gegen mich ausgestoßen hätte
und gegen meinen Stamm.
Eine solche Beleidigung,
schien mir zu Recht,
verdient Vergeltung.
Zorn kennt kein Alter,
nur den Tod.
Nur Tote empfinden keine Kränkung mehr.
Angesichts dessen tu, was du willst,
denn ich bin allein und schutzlos.
Und wenn es auch gerecht ist, was ich sage,
so bin ich doch dadurch der Schwächere.
Aber diese Taten,
so alt ich auch bin,
werde ich mit Taten zu erwidern suchen.

OIDIPOUS: Oh Frechheit, schamlose!

Wen übermütig zu verhöhnen meinst du:
mich Alten etwa
oder nicht vielmehr dich selbst?
Sprich!
Der du mir Morde und Ehen und Mißgeschicke
im Munde führst,
die ich Elender ertrug – ungewollt!
Den Göttern hat es so gefallen,
die wohl zürnen meinem Stamm von alters her.
Denn an mir findest du keine Verfehlungen,
für die ich es verdient hätte,
mich so an mir und den Meinen zu verfehlen.
Dann sage mir doch:
Wenn durch Götterspruch
dem Vater die Weissagung kam,
daß er durch einen Sohn sterben werde,
wie kannst du da mit Recht
mir daraus einen Vorwurf machen,
mir,
den weder der Vater schon gezeugt
noch die Mutter empfangen hatte,
da ich noch ungeboren war.
Und wie ich dann zur Welt kam
unglücklicherweise,
ins Handgemenge kam mit meinem Vater
und ihn erschlug,
ohne zu wissen, was ich tat
und wem ich's tat –
wie kann man diese ungewollte Handlung
billigerweise tadeln?
Auch von der Mutter,
du Elender, Schamloser,

und von der Hochzeit mit ihr,
die doch deines Blutes war,
zwingst du mich zu reden,
und das werde ich jetzt tun;
denn ich kann nicht länger schweigen,
da du darauf gekommen bist
mit deinem gottlosen Mund.
Sie gebar mich, ja, sie gebar mich
oimoi, mir zum Unheil,
unwissend den Unwissenden,
und nachdem sie mich geboren hatte,
brachte sie, sich zur Schande,
mir Kinder zur Welt.
Aber eines weiß ich genau,
daß du willentlich
mich und sie deswegen schmähst.
Ich jedoch habe sie ungewollt geheiratet,
und ich schreie es ungewollt heraus.
Nein, nicht wegen dieser Hochzeit
kann man mich schuldig sprechen
noch wegen dem, was du dauernd vorbringst,
dem Mord an meinem Vater,
und weshalb du mich bitter schmähst.
Doch antworte mir auf diese eine Frage:
Wenn jemand sich dir, der du im Recht bist,
jetzt und hier, um dich zu töten, näherte,
würdest du dich bei ihm erkundigen,
ob er dein Vater sei, der Mörder,
oder ließest du's ihn büßen, geradezu?
Ich dächte,
so gewiß wie dir dein Leben lieb ist,
du ließest es den Schuldigen büßen,

ohne nach einer Berechtigung zu fragen.
In eben diese üble Lage kam ich,
von den Göttern geführt.
Worin,
meine ich,
nicht einmal mein Vater,
wenn er noch lebte,
mir widersprechen würde.
Aber du, der du nicht im Recht,
sondern über alles schön zu reden gewohnt bist,
über Sagbares und Unsagbares,
machst dieses mir zum Vorwurf,
in Gegenwart dieser Männer hier.
Auch Theseus' Namen zu schmeicheln,
scheint dir schön,
und dem Athens,
wie es so wohl verwaltet sei.
Doch bei dem vielen Lob vergißt du ganz,
daß, wenn irgendein Land
die Götter zu ehren und zu achten weiß,
Athen darin alle anderen übertrifft.
Und von dieser Stadt
stiehlst du mich schutzflehenden Alten,
hast Hand an mich gelegt
und die Mädchen entführt.
Deshalb rufe ich jetzt jene Göttinnen dort an,
mit Flehen und Bitten sie bestürmend,
mir als Bundesgenossen und Kampfgefährten
zu Hilfe zu kommen,
damit du gründlich lernst,
was das für Männer sind,
von denen beschützt wird diese Stadt.

Chor: Der fremde Gastfreund, Herr,
ist rechtschaffen,
ehrenwert, brauchbar,
ein guter Mann,
vom Schicksal ganz verflucht.
Er hat Beistand verdient.

Theseus: Genug der Worte.
Während die Räuber uns enteilen,
stehen wir, die dies erlitten, hier herum.

Kreon: Dem schwachen Mann,
was befiehlst du ihm zu tun?

Theseus: Auf diesem Weg dorthin vorauszugehen,
in meiner Begleitung,
und, falls du in dieser Gegend noch
die Mädchen festhältst,
sie mir zu zeigen.
Sind aber die sich ihrer bemächtigt haben
schon fort,
braucht man sich nicht zu mühen.
Andere eilen ihnen nach,
so daß aus dieser Gegend entflohen zu sein,
sie den Göttern niemals danken werden.
Nun, voran denn!
Erkenne:
So wie du sie hast, habe ich dich,
und dich, den Jäger, fing die Fügung.
Listig und unrecht erworbenes Gut gedeihet nicht.
Und niemand anderes hilft dir in dieser Sache.
Denn ich weiß sehr wohl,
daß du nicht allein und nicht ungerüstet

dieses tollkühne Unternehmen hier gewagt hast.
Vielmehr hast du auf etwas vertraut
bei diesem Tun.
Das muß ich bedenken,
damit es nicht so weit kommt,
daß diese Stadt
sich als schwächer erweist
als ein einzelner Mann.
Begreifst du das?
Oder hältst du das für genauso ins Leere geredet
wie zur Zeit, als du dies alles ausgeklügelt hast?

KREON: Ich kann nicht tadeln,
was du hier mir sagst.
Zu Hause aber wissen wir auch,
was zu tun ist.

THESEUS: Drohe nur! Aber geh jetzt.
Du, Oidipous,
magst ruhig hierbleiben.
Und vertraue darauf,
daß, wenn ich nicht vorher sterbe,
ich nicht ruhen werde,
bis ich deine Kinder in deine Obhut
zurückgebracht habe.

OIDIPOUS: Heil dir, Theseus, sei gesegnet
um deines edlen, wohltätigen Sinnes
und der uns treu erwiesenen Fürsorge willen.

CHOR: Wäre ich doch,
wo die feindlichen Männer
bald sich wenden

und dem erztönenden Ares,
dem Kampfgetümmel,
sich stellen müssen –
sei es am Pythischen,
sei es am Fackelgestade –
entweder beim Tempel des Pythischen Apoll
oder dort,
wo bei Fackelschein
der Suche Demeters nach Persephone
gedacht wird,
wo die Potniai,
die beiden großen Göttinnen,
ehrwürdig walten ihrer Weihen
für jene Sterblichen,
denen der goldene Schlüssel
auf die Zunge gelegt ist,
als Schweigegebot
von den Priestern aus des Eumolpos' Geschlecht –
des Gründers der Mysterien von Eleusis.
Dort, denke ich,
wird der kampferregende Theseus
für das jungfräuliche Schwesternpaar
sich bald siegesgewiß
ins Schlachtgetümmel mischen,
dort, in diesen Gefilden.

Oder sind sie
zum Westabhang
des schneebedeckten Felsgebirges gelangt,
von den oiatischen Fluren aus,
auf Pferden fliehend
oder schnell eilenden Wagen?

Sie werden gefangen!
Gewaltig ist unsrer Landsleute Kampfesmut,
ihr Ares,
gewaltig die Stärke von Theseus' Männern.
Alles Zaumzeug blitzt,
alles stürmt dahin
mit verhängten Zügeln,
die ganze Reiterei –
zu Ehren der rosseliebenden Athene
und des Meergottes,
des Erderhaltenden,
der Rhea geliebter Sohn –
Poseidon.

Handeln sie oder zögern sie?
Es ahnt mein Sinn,
bald sehe ich sie wieder,
die Schlimmes ertrugen,
denen Schlimmes widerfuhr,
von Blutsverwandten erlitten.
Vollbringen wird er es,
vollbringen wird es Zeus
noch heutigen Tags.
Ein Seher bin ich tapferer, trefflicher Kämpfe.
Ach, wäre ich eine sturmschnelle,
schnellfliegende Taube
und könnte von himmelhoher Wolke aus
die Kämpfe überschauen
mit meinen eigenen Augen.

Ioh! Zeus!
Allmächtigster der Götter,
alles Sehender,

gib, daß dieses Landes Bewohner
mit siegreicher Kraft und gutem Fang
beenden dieses listigen Anschlags Hinterhalt.
Auch du,
sein erhabenes Kind,
Pallas Athene,
und du, Jäger Apollon,
und deine Schwester,
die den buntgefleckten,
schnellfüßigen Hirschen folgt,
Artemis,
ich bitte euch,
kommt zwiefach zu Hilfe
diesem Land und seinen Bürgern.

Nun, fremder Wanderer,
deinen Beschützer wirst du nicht
Lügenpropheten nennen können,
denn die Mädchen werden,
wie ich dort sehe,
wieder hierhergebracht.

OIDIPOUS: Wo, wo?
Was sagtet ihr? Was sprichst du?

ANTIGONE: Oh Vater, Vater!
Gäbe einer der Götter dir,
den Besten aller Männer sehen zu können,
der uns beide hierhergebracht hat,
zu dir!

OIDIPOUS: Oh mein Kind,
seid ihr beide da?

Antigone: Ja,
Theseus' Hände haben uns gerettet
und die seiner besten Begleiter.

Oidipous: Kommt her, Kinder,
zum Vater
und laßt die nie zurückerhofften Leiber
mich berühren.

Antigone: Um was du bittest, soll dir werden.
Wir sehnen uns ja nach diesem Liebesdienst.

Oidipous: Wo denn? Wo seid ihr?

Antigone: Hier, beide,
ganz nah kommen wir.

Oidipous: Oh allerliebste Sprößlinge!

Antigone: Jedes Kind ist dem Vater lieb.

Oidipous: Mir Stütze und Stab im Leben.

Antigone: Dem Unglückseligen die Unglückseligen.

Oidipous: Ich halte das Liebste im Arm,
und nicht ganz unglücklich kann ich sein
im Sterben,
wenn ihr beide bei mir seid.
Schmiegt euch ganz fest, ihr Kinder,
an meine beiden Seiten,
verwachsen mit dem, aus dem ihr erwuchst,
und laßt mich ausruhen
vom Alleinsein
und dem unseligen Umherirren.
Und was geschah,

erzählt mir, so kurz ihr könnt.
Denn jung wie ihr seid,
reicht ein kurzes Wort.

ANTIGONE: Hier ist unser Retter,
ihn mußt du hören, Vater,
ihm gehört die Tat.
Mehr habe ich nicht zu sagen.

OIDIPOUS: Fremder,
wundere dich nicht,
daß ich überschwenglich
bei meiner Kinder unverhofftem Erscheinen
die Rede in die Länge zog.
Weiß ich doch,
das Ergötzen an den beiden
kam mir von niemand anderem als dir.
Denn du hast sie gerettet,
kein anderer unter den Sterblichen.
So mögen dir die Götter Heil verleihen,
wie ich es wünsche,
dir und diesem Land.
Denn Gottesfurcht habe ich nur bei euch gefunden
unter den Menschen,
und gerechten Sinn und keine Falschheit.
Ich, der ich dies erfuhr,
vergelte das mit eben diesen Worten:
Ich habe,
was ich habe,
nur durch dich
unter den Sterblichen.
Die Hand, Herr,
die rechte,

reiche mir,
daß ich sie berühre, fasse
und auch, wenn es erlaubt ist,
küsse dein Haupt.
Doch was sage ich da!
Wie könnte ich ins Elend Geborener wollen,
daß du einen Mann berührst,
dem die Befleckung
durch jede Art von Übel innewohnt?
Nein, das nicht,
ich ließe es auch nicht zu.
Nur, die es selbst erfuhren
unter den Sterblichen,
können dies mein Unglück teilen.
Dir sage ich von hier aus:
Chaire! Heil dir, freue dich.
Und sorge auch künftig treu für mich,
wie du es bis jetzt getan hast.

THESEUS: Nicht, daß du deine Rede länger dehntest
aus Freude über deine Kinder,
wundert mich,
noch daß du meinen ihre Worte vorzogst.
Verdruß kann mir daraus nicht entstehen.
Denn nicht durch Worte
dem Leben Glanz zu verleihen
bemühe ich mich,
sondern eher durch Taten.
Ich kann es beweisen.
In nichts, was ich dir zuschwor,
habe ich mich als falsch erwiesen, alter Mann.
Denn hier bin ich

und diese führe ich mit mir,
lebend und unberührt von dem, was ihnen drohte.
Wie der Kampf gewonnen wurde,
wozu nutzlos prahlen?
Du erfährst es auch ohne mich
von jenen beiden bei dir.
Doch eine Nachricht, die mir zu Ohren kam,
gerade, auf dem Weg hierher,
solltest du zur Kenntnis nehmen.
Sie ist schnell erzählt
und doch bemerkenswert.
Eine Sache unbeachtet lassen
sollte kein Mensch.

OIDIPOUS: Was ist es, Aigeus-Sohn?
Kläre mich auf,
denn ich weiß nichts von dem, wonach du fragst.

THESEUS: Man sagt mir,
ein Mann,
nicht aus deiner Stadt,
aber von deinem Stamm,
habe sich schutzflehend niedergeworfen
und sitze am Altar des Poseidon,
wo ich opferte,
bevor ich zum ersten Mal hierherkam.

OIDIPOUS: Wo kommt er her?
Was will er durch sein Sitzen am Altar?

THESEUS: Ich weiß nur eins:
Er bittet, wie man mir sagt,
um ein kurzes Wort mit dir,
nichts weiter Beschwerliches.

Oidipous: Worüber denn?
Das Sitzen am Altar weist auf kein kleines Anliegen.

Theseus: Mit dir zu sprechen,
sagt man,
sei sein einziger Wunsch
und ungefährdet wieder gehen zu dürfen.

Oidipous: Wer kann das sein,
der dort schutzflehend sitzt?

Theseus: Schau, ob in Argos einer deines Stammes lebt,
der dich bitten könnte um diese Gunst.

Oidipous: Oh bester Freund, halt ein! Nicht weiter!

Theseus: Was ist dir?

Oidipous: Frag mich nicht.

Theseus: Wonach? Sprich!

Oidipous: Ich weiß genau,
wenn ich das höre,
wer es ist, der dort am Altar sitzt.

Theseus: Wer ist es nun,
den ich abweisen soll?

Oidipous: Mein Sohn, Herr,
mir verhaßt,
dessen Worte mir von allen Menschen
am unerträglichsten zu hören sind.

Theseus: Wie?
Kannst du ihn nicht anhören

und dann nicht tun, was dir nicht paßt?
Wie kann es dich betrüben, ihm zuzuhören?

Oidipous: Zuwider, Herr, ist seine Stimme
dem Vater.
Drum zwinge und bestürme mich nicht,
hier nachzugeben.

Theseus: Ob dich sein Sitzen am Altar nicht zwingt?
Bedenke das,
ob du nicht Rücksicht nehmen mußt
auf den Gott, der ihn beschützt.

Antigone: Vater,
laß mich dich überreden,
auch wenn ich ein junger Ratgeber bin.
Diesem Mann –
laß den Gott ihm gewähren, was er sich wünscht.
Und uns gib nach
und laß den Bruder kommen.
Er wird dich,
sei unbesorgt,
nicht mit Gewalt abbringen von deiner Meinung,
wenn er dir Unwillkommenes spricht.
Sein Reden anhören,
was schadet das?
Die schlimm ersonnenen Taten –
im Reden verraten sie sich.
Du bist sein Erzeuger.
Hat er dir auch das Schlimmste und Ruchloseste
angetan,
Vater,
so wäre es nicht recht von dir,

es ihm mit Schlimmem zu vergelten.
Laß ihn kommen!
Auch andere haben schlimme Söhne
und leiden unter jähem Zorn,
doch die Mahnungen der Freunde,
wie Zaubersang,
besänftigen die heftige Natur.
Das Vergangene, nicht das Jetzt betrachte du,
was vom Vater und von der Mutter du
an Leid erfuhrst.
Und schaust du auf das,
so, weiß ich, wirst du erkennen,
daß schlimmer Jähzorn ein schlimmes
Ende nimmt.
Du hast nicht wenig Grund,
das zu beherzigen:
blicklos, deiner Augen von dir selbst beraubt.
So gib uns nach!
Inständig bitten zu müssen ist nicht gut,
wenn Gerechtes erbeten wird,
auch nicht,
wenn einer Gutes erfuhr
und es nicht zu vergelten weiß.

OIDIPOUS: Kinder,
schwer wird mir eure Freude darüber,
daß ihr siegreich mich beredet habt.
Doch sei es so, wie es euch lieb ist.
Nur, Fremder,
wenn jener nun hierherkommt,
laß niemand sich meiner Person bemächtigen,
niemals!

THESEUS: Nur einmal möchte ich das
und nicht zweimal hören,
alter Mann.
Prahlen will ich nicht,
doch du bist in Sicherheit,
sei gewiß,
wenn denn auch mir
Sicherheit wird von einem der Götter.

CHOR: Wer größeren Anteil will –
über den ihm zugemessenen Anteil hinaus –,
das Maß nicht achtend,
weil sein Anteil am Leben verging,
Torheit begeht und hegt der,
mir ist das sonnenklar.
Denn vieles
lassen die langen Tage
sich ablagern – mehr zur Trauer hin,
von der Freude sieht man nicht,
wo sie bleibt,
wenn einer tiefer ins Leben gerät
als angemessen.
Der Helfer, der alles gleichmacht,
wenn sich der Hades als unsre Bestimmung
erweist,
brautliedlos,
lyralos,
tanzlos –
das ist der Tod zuletzt.

Nicht geboren zu sein
übersteigt alles, was Wert hat.

Trat aber einer ins Licht,
so ist die Rückkehr
dahin, woher er kam,
gewiß das zweitbeste –
und zwar so schnell es geht.
Wenn die Jugend verging
mit ihren leichtsinnigen Gedankenlosigkeiten,
welcher Unheilschlag bleibt draußen,
welche Drangsal dringt nicht ein?
Morde, Aufruhr, Streit, Kämpfe
und der Neid!
Und dann das verhaßte Los zuletzt:
das kraftlose, ungesellige Alter,
das freundlose,
in dem alle Übel der Übel
beieinander wohnen.
So auch dieser Arme hier,
nicht nur ich allein!
Wie von allen Seiten
ein nördlicher Strand,
wogengepeitscht,
von Winterstürmen erschüttert wird,
so wird auch er
hochher
von schrecklichen,
wild anbrausenden Wogen des Unheils erschüttert,
die ihn immer begleiten
von dort, wo die Sonne untergeht,
von dort, wo sie aufgeht,
von dort, wo der Mittagsstrahl herkommt,
und von den nächtlichen Rhipäischen Bergen
am Nordrand der Welt.

Antigone: Und da haben wir ihn,
wie es scheint,
den Fremden,
ohne Männer, allein,
Vater.
Aus den Augen –
nicht nur in Tropfen –
fließen die Tränen,
so kommt er hierher.

Oidipous: Wer ist es?

Antigone: Er,
an den wir lange schon gedacht haben,
er steht vor dir,
Polyneikes,
er.

Polyneikes: Oimoi,
was tun?
Zuerst meine eigenen Übel beweinen,
Schwestern?
Oder die ich sehen muß,
am Vater, dem greisen?
Den ich in fremdem Land
mit euch beiden gefunden habe,
hier,
den Ausgestoßenen,
in solchem Gewand,
dessen widerlich alter,
uralt eingenisteter Schmutz
ihm die Seiten aufreibt,
während um das der Augen beraubte Haupt

das Haar im Wind ungekämmt flattert.
Und zu dem paßt, wie es scheint,
was er bei sich trägt, der Unglückliche:
für den Bauch die Nahrung.
Ich Verruchter,
allzu spät werde ich es gewahr.
Und ich bekenne:
Als Schlechtester der Menschen,
was deinen Unterhalt betrifft,
habe ich mich erwiesen.
Das brauchst du nicht von anderen zu erfahren.
Doch sitzt mit Zeus auf seinem Thron
Aidos,
die Göttin des Erbarmens
mit allen unseren Taten,
so möge sie auch dir,
Vater,
zur Seite stehen.
Denn meine Verfehlungen
können nur noch geheilt,
nicht mehr vergrößert werden.
Du schweigst?
Sprich, Vater,
sag etwas.
Wende dich nicht von mir ab.
Nichts antwortest du mir,
nichts?
Verächtlich schickst du mich fort,
ohne ein Wort,
und weshalb du zürnst,
sagst du nicht?

Oh Töchter dieses Mannes,
meine Schwestern,
versucht doch ihr,
zu bewegen
des Vaters unnahbaren, unerbittlichen Mund,
daß er nicht verächtlich mich,
des Gottes Schützling,
so fortschickt
ohne erwiderndes Wort.

ANTIGONE: Sprich, du Armer, sprich selbst,
aus welcher Not du hergekommen bist.
Denn viele Worte,
erfreuliche, verdrießliche, mitleiderregende,
verliehen schon manchmal
Sprache den Sprachlosen.

POLYNEIKES: Also rede ich,
denn gut rätst du mir.
Zunächst nehme ich
den Gott selber mir als Beistand,
von dessen Altar dort
aufzustehen und herzukommen
der Herrscher dieses Landes mir gewährte,
um hier zu reden und zu hören
und dann ungefährdet wieder abzuziehen.
Und auch von euch,
ihr Fremden,
wünsche ich mir,
auch von den Schwestern und dem Vater,
das zu erreichen.
Weshalb ich herkam,

will ich dir jetzt sagen, Vater.
Aus dem Vaterland bin ich vertrieben,
ein Verbannter,
weil auf deinem allherrschenden Thron zu sitzen
ich mich für befugt hielt
als Erstgeborener.
Dafür hat Eteokles,
der Spätergeborene,
mich aus dem Land gejagt.
Weder besiegte er mich mit Gründen,
noch kam es zur Entscheidung
durch Kampf und Tat,
nein,
er überredete das Volk.
Daran hat vor allem deine Erinys Schuld,
denke ich,
dein Fluchgeist –
später, von Sehern,
habe ich das auch gehört.
Als ich dann nach Argos kam,
ins Dorerland,
wurde Adrastos mein Schwiegervater,
und ich verband mit Eiden mir,
wer im apischen Land,
der Peloponnes,
als Erster galt und hochgeschätzt
im Speerkampf war.
Zum Zug der sieben Lanzen gegen Theben
habe ich sie versammelt,
um entweder zu sterben
im Kampf für meine gerechte Sache

oder die, die mir dies angetan haben,
hinauszuwerfen aus dem Land.
So weit, so gut.
Warum ich jetzt hierhergekommen bin?
Dir schutzflehend, Vater,
Bitten vorzutragen,
für mich selbst und meine Kampfgenossen,
die wir jetzt mit sieben Heerhaufen
unter sieben Lanzen
Thebens Ebene ganz umstellt haben.
So der speerschwingende Amphiaraos,
Meister der Speerkunst,
Erster auch in der Vogelschau.
Dann der Aitoler, Oineus' Sohn,
Tydeus.
Als dritter Eteoklos,
aus Argos gebürtig.
Als vierter Hippomedon,
geschickt von seinem Vater Talaos.
Der fünfte schwört hoch und heilig,
Kapaneus,
bis auf den Grund
Thebens Burg mit Feuer zu vernichten.
Als sechster stürmt Parthenopaios heran,
der Arkader,
der Jungfrauensohn,
so genannt nach der vormals lange Ungezähmten,
die seine Mutter wurde,
echter Sproß der Atalante.
Dann ich, der Deine –
und wenn nicht der Deine,

dann des schlimmsten Schicksals Kind,
und doch der Deine genannt –,
ich führe aus Argos
dieses furchtlose Heer gegen Theben.
Bei diesen deinen Kindern
und bei deinem Leben,
Vater,
flehen wir alle dich an
und bitten dich,
vom Zorn, dem schweren,
abzulassen gegen mich,
der aufbricht,
um am Bruder Rache zu nehmen,
der mich vertrieb
und mir raubte mein Vaterland.
Denn wenn irgend Verlaß ist auf Orakelsprüche,
so wird,
wem du zur Seite stehst, so sagen sie,
der Sieg zuteil.
Drum bei den Quellen
und bei den Göttern unseres Stammes
bitte ich dich,
laß dich erweichen und gib nach,
denn Bettler bin ich und ein Fremder,
ein Fremder wie du.
Von anderen erschmeicheln wir
den Lebensunterhalt,
du wie ich,
den gleichen Daimon haben wir erlangt,
das gleiche Los!
Und zu Hause, der Tyrann,

oh ich Armer,
über uns beide lacht er nur
und brüstet sich;
ihn werde ich,
wenn du mir beizustehen bereit bist,
mit wenig Mühe und in kurzer Zeit
zerschmettern.
So,
um dich in deinen Häusern wieder einzusetzen,
führe ich dich hin,
und setze auch mich selber ein,
nachdem ich jenen vertrieben habe mit Gewalt.
Dessen darf ich,
wenn du zustimmst,
mich rühmen.
Ohne dich hab ich nicht einmal die Kraft
zu überleben.

CHOR: Diesem Mann –
um dessentwillen,
der ihn hergesandt hat,
Oidipous –,
sag ihm, was immer angemessen ist,
und schick ihn wieder fort.

OIDIPOUS: Nun, also,
ihr Männer,
Hüter dieses Landes,
wär's nicht geschehen,
daß jener hierhergeschickt wurde,
zu mir,
von Theseus,

der es für richtig hielt,
daß er, was ich zu sagen habe, höre,
niemals hätte er meine Stimme vernommen.
Nun sei es ihm gewährt;
dann mag er gehen,
nachdem er von mir hörte,
was ihm sein Leben nicht erheitern wird.
Oh du ganz Verdorbener,
als du Szepter und Thron besaßest,
die jetzt dein Bruder innehat in Theben,
da hast du selbst diesen deinen Vater vertrieben,
ihn stadtlos werden
und ihn solche Kleider tragen lassen,
die du jetzt beweinst,
weil du sie siehst,
nachdem du in dieselbe Not geraten bist,
in dieselben Übel
wie ich.
Nichts gibt es zu bejammern,
nein,
ich habe es zu tragen,
solange ich lebe,
dich als meinen Mörder im Gedächtnis.
Denn du hast mich in dieser Mühsal leben lassen,
du hast mich ausgestoßen,
deinetwegen irre ich umher,
von anderen erbettelnd das tägliche Brot.
Und hätte ich sie nicht gezeugt
als meine Ernährerinnen,
hier diese Töchter,
mich gäb's nicht mehr,
wär' es nach dir gegangen.

Jetzt sind sie es,
die mich erhalten,
die mich ernähren,
sie sind Männer, keine Frauen
im Mittragen meines Unglücks.
Ihr seid von einem anderen,
nicht von mir gezeugt.
Darum hat dich der Daimon im Blick,
jetzt noch nicht so sehr wie bald,
wenn sich die Heerhaufen in Bewegung setzen
gegen die Stadt Theben;
denn es wird nicht geschehen,
daß du jene Stadt zerstörst,
nein,
vorher wirst du blutbesudelt fallen
und dein Bruder ebenso.
Die Flüche, die ich gegen euch beide
schon früher ausstieß,
jetzt rufe ich sie auf,
als Kampfgenossen mir zu Hilfe zu kommen,
daß ihr es als Pflicht erkennt,
die, die euch zeugten, zu ehren,
und es nicht für unwürdig haltet,
von einem blinden Vater,
so wie ihr es seid,
gezeugt zu sein.
Denn diese hier haben das nicht getan.
Sie,
meine Flüche,
sollen über dein bittflehendes Sitzen
und dein Thronen herrschen,

wenn es sie noch gibt,
die altberühmte Dike,
die Gerechtigkeit,
sitzend neben Zeus
nach uralten Gesetzen.
Du fahr dahin,
ausgespien und vaterlos gemacht durch mich,
du Verdorbenster aller Verdorbenen,
nimm mit dir die Flüche,
die ich auf dich herabrufe,
du mögest nie die Erde,
die dir angestammte,
mit dem Speer besiegen,
noch je zurückkehren in die Ebene von Argos,
sondern von Bruderhand fallen
und den töten, der dich vertrieb.
So fluche ich und rufe
des Tartaros verhaßtes, uranfängliches Dunkel auf,
daß es dir Heimstatt sei,
rufe hier die Daimonen,
rufe Ares,
der zwischen euch beide den furchtbaren Haß
geworfen hat.
Und nun,
nachdem du dies gehört hast,
gehe hin
und verkünde allen Kadmeern
und deinen treuen Kampfgenossen,
daß Oidipous
dies zugeteilt hat seinen Söhnen –
als seine Ehrengabe.

CHOR: Polyneikes!
Wie deine früheren Wege
mir nicht gefallen haben,
so solltest du jetzt wieder gehen,
so schnell wie möglich.

POLYNEIKES: Oimoi, mein Weg!
Mein mißglücktes Tun!
Oimoi, meine Gefährten!
Zu welchem Weg und welchem Ziel
sind wir aus Argos aufgebrochen,
oh ich Armer,
zu einem, das ich nicht nennen darf,
keinem der Gefährten,
noch darf ich sie wieder nach Hause schicken,
sondern muß schweigend
meinem Schicksal entgegengehen.
Oh ihr,
dieses Mannes geschwisterliche Kinder,
ihr wenigstens,
die ihr die Härte des Vaters hier hörtet
und seinen Fluch,
mögt ihr beide mich nicht,
bei den Göttern,
wenn die Flüche des Vaters sich erfüllen
und euch nach Hause irgend Rückkehr wird –,
mögt ihr mich nicht für unwürdig halten,
sondern ins Grab mich legen mit
den Totengaben.
Und euch beiden
wird der jetzige Ruhm,
erworben durch dieses Mannes leidvolle Pflege,

nicht geringer werden durch einen anderen,
den ihr erlangt durch diesen Dienst an mir.

ANTIGONE: Polyneikes!
Ich flehe dich an,
folge mir in einem nur.

POLYNEIKES: Liebste,
worin, Antigone? Sprich!

ANTIGONE: Führ es zurück, das Heer,
nach Argos,
schnell, damit du nicht dich selbst
und die Stadt zugrunde richtest.

POLYNEIKES: Nein, das kann nicht sein.
Wie könnte ich je wieder
dasselbe Heer führen,
wenn ich einmal feige geflohen bin?

ANTIGONE: Warum, Kind,
mußt du weiter zürnen?
Was kann dir, deine Vaterstadt zu vernichten,
für Gewinn bringen?

POLYNEIKES: Schmachvoll ist es zu fliehen
und daß ich, der Ältere,
dann verlacht werde von dem Bruder.

ANTIGONE: Siehst du denn nicht,
wohin geradewegs sie dich führen,
die Weissagungen dieses Mannes,
der euch beiden
den Tod voneinander verkündet?

Polyneikes: Ja,
er wünscht es.
Doch wir können nicht nachgeben.

Antigone: Oimoi,
ich Arme.
Wer wird es wagen,
dir zu folgen, wenn er hört,
was dieser Mann geweissagt hat?

Polyneikes: Ich gebe nichts Widriges bekannt.
Denn ein guter Feldherr
soll von Besserem, nicht von Nachteiligem
sprechen.

Antigone: So ist das, Kind,
dein fester Entschluß?

Polyneikes: Und du halte mich nicht auf,
denn um diesen Weg muß ich mich kümmern,
der unheilvoll und schlimm geworden ist
durch den Vater und seine Erinyen.
Euch beide aber führe einen guten Weg
Zeus,
wenn ihr das Erbetene vollendet an mir,
im Tode –
im Leben könnt ihr nichts mehr für mich tun.
So laßt mich nun
und lebt wohl,
denn ihr werdet mich lebend nicht wiedersehen.

Antigone: Oh ich Arme!

Polyneikes: Nicht um mich weinen!

ANTIGONE: Wer würde dich,
der aufbricht in den sicheren Hades,
nicht beklagen, Bruder?

POLYNEIKES: Wenn es sein muß, sterbe ich.

ANTIGONE: Nein, nicht –
hör meine Bitte …

POLYNEIKES: Bitte nicht um Unmögliches.

ANTIGONE: Tief unglücklich bin ich, wenn ich dich
verliere.

POLYNEIKES: Das steht beim Daimon, ob es
so geschieht
oder anders.
Für euch beide will ich nun die Götter bitten,
euch möge nie Übles begegnen,
denn ihr habt nicht verdient –
alle wissen das –,
jemals unglücklich zu sein.

CHOR: Neu über neu
kommen schicksalsschwere Übel
von dem blinden Fremden,
wenn sich die Moira,
sein Schicksal, nicht erfüllt.
Umsonst ergeht kein Beschluß der Daimonen,
sage ich.
Es sieht
und es sieht alles
und immer
die Zeit,
umstürzend das eine,

das andere tags darauf
wieder erhebend zur Höhe.
Es donnert der Äther,
oh Zeus!

Oidipous: Oh Töchter, Töchter,
kann einer,
wenn jemand hier ist,
den in allem vortrefflichsten Theseus herholen?

Antigone: Vater!
Was ist dein Verlangen,
weshalb rufst du ihn?

Oidipous: Zeus' geflügelter Donner
wird mich sogleich zum Hades führen.
Also schickt nach ihm, schnell!

Chor: Seht doch,
hört doch,
gewaltig rollt
ein Krachen nieder,
unsagbar,
von Zeus geschleudert!
Bis in die Spitzen
sträubt Schrecknis mir das Haar auf dem Haupt.
Es duckt sich mein Sinn.
Vom Himmel der Blitz!
Er flammt wieder herab.
Was nur bringt er?
Das Ende?
Ich fürchte mich!
Denn nicht wirkungslos

fährt er herab,
niemals, und nicht ohne Schaden!
Oh gewaltiger Äther, oh Zeus!

OIDIPOUS: Oh ihr Kinder!
Es ist gekommen,
das diesem Mann
von Gott bestimmte Ende,
und es gibt kein Zurück!

ANTIGONE: Wie weißt du das?
Woraus hast du das geschlossen?

OIDIPOUS: Gut weiß ich das.
Also soll schnell einer gehen,
um den Herrscher dieses Landes herzuholen.

CHOR: Ea,
ea,
seht doch,
horcht!
Wieder,
ringsum,
erhebt sich durchdringendes Getöse.
Sei gnädig,
oh Daimon,
sei gnädig,
wenn du der Erde,
unserer Mutter,
lichtloses Dunkel bringen solltest.
Deiner Huld laß mich begegnen,
daß nicht dieses fluchbeladenen Mannes Anblick
mir schlecht gedankt wird hinterher.

Zeus,
Herrscher,
dich rufe ich an!

OIDIPOUS: Ist er da, der Mann?
Wird er noch lebend,
Kinder,
mich antreffen
und bei klarem Bewußtsein?

ANTIGONE: Was willst du ihm denn anvertrauen?

OIDIPOUS: Für das,
was ich an Wohltat erfuhr,
will ich tätigen Dank abstatten,
ihm und der Stadt,
den ich,
als ich sie empfing, versprach.

CHOR: Ioh, ioh,
mein Sohn!
Komm!
Komm!
Auch wenn du
in der felsigen Schlucht
dem Meergott Poseidon
mit Rinderopfern den Altar heiligst,
erscheine!
Denn der Fremde wünscht dir,
der Stadt und den Freunden
gerechten Dank abzustatten
für das, was er erfuhr.
Rasch,

eile herbei,
Herr!

THESEUS: Was erhebt ihr da wieder –
gemeinsam –
für ein lärmendes Geschrei,
deutlich hörbar, ihr selber,
aber auch der Fremde.
Ist von Zeus
ein Blitzschlag oder Hagelschauer niedergefahren?
Auf alles muß man vom Gott,
wenn er so wettert,
gefaßt sein.

OIDIPOUS: Herr,
ersehnt ist dein Erscheinen,
und dir haben die Götter
ein heilsames Glück bereitet
für diesen deinen Weg.

THESEUS: Was hat sich, Sohn des Laios,
wieder Neues ereignet?

OIDIPOUS: Die Neige meines Lebens.
Und um das,
was ich versprach,
will ich dich und die Stadt nicht betrügen
im Tode.

THESEUS: Was gilt dir für dein Todeslos
als Beweis?

OIDIPOUS: Die Götter selbst,
als Boten,

verkünden es mir.
Kein Trug war in den festgesetzten Zeichen.

THESEUS: Worin, Greis,
offenbarte sich das?

OIDIPOUS: Im Donnern, dem anhaltenden,
und in den vielen,
von der Hand
des unbesiegbaren Zeus
geschleuderten Blitzen.

THESEUS: Du hast mich überzeugt.
Vieles nämlich
hast du geweissagt,
das sehe ich,
und nie falsch gesprochen.
Was soll ich tun? Sprich!

OIDIPOUS: Ich werde dir erklären,
Sohn des Aigeus,
was dir,
vom Altern ungerührt,
erhalten bleiben wird für deine Stadt.
Zu jener Stelle
werde ich selber gleich vorangehen,
unberührt von eines Führers Hand,
wo es mir bestimmt ist zu sterben.
Die offenbare niemals irgendeinem Menschen,
weder die verborgene Stelle
noch die Gegend, wo sie liegt.
So wird sie dich besser als viele Schilde schützen,
besser als Speere aus der Nachbarschaft,
und das für immer.

Was heiliges Mysterium
und nicht zu berühren ist
durchs Wort –
nur du selbst sollst es erfahren,
wenn du dorthin kommst,
allein!
Ich werde es keinem von diesen Bürgern verraten,
auch nicht meinen Kindern,
so lieb sie mir sind.
Aber du sollst es für immer bewahren
und wenn du ans Ende deines Lebens gelangst,
es nur dem Vortrefflichsten deines Stamms
offenbaren.
Der soll,
immer so fort,
seinen Nachfolger unterweisen.
So bleibt die Stadt, in der du wohnst,
unbeschädigt durch die Männer der Drachensaat,
die Thebaner.
Zahllose Städte,
so gut sie verwaltet werden,
verfallen leicht der Hybris, dem Frevelmut.
Doch die Götter nehmen wohl wahr,
wenn auch spät,
wenn einer,
das Göttliche mißachtend,
zur Raserei sich wendet.
Wolle nie,
Sohn des Aigeus,
daß dir das widerfährt.
Doch du weißt selbst gewiß,
was ich dich da lehre.

Zu jener Stelle aber –
denn mich drängt des Gottes Gegenwart –
laß uns jetzt gehen
und uns nicht umwenden.
Ihr Töchter,
hier,
folgt mir.
Denn ich führe euch beide –
das scheint sonderbar –,
so wie ihr beide sonst den Vater.
Kommt!
Aber berührt mich nicht.
Nein, laßt mich selbst das heilige Grab auffinden,
wo die Moira, das Schicksal,
will,
daß dieser Mann sich berge in der Erde.
Dorthin!
So!
Dorthin, kommt mit!
Dorthin führen mich Hermes, der Seelenbegleiter,
und die unterirdische Göttin Persephone.
Oh Licht, lichtloses!
Früher warst du mein,
jetzt,
zum letzten Mal,
erfühle ich dich mit meinem Leib.
Denn schon schreite ich,
mein endendes Leben zu bergen im Hades.
Auf,
liebster Fremder,
mögest du selbst und dieses Land
und deine Begleiter mit Glück gesegnet sein

und im Wohlergehen meiner gedenken,
des Toten,
damit das Glück euch günstig sei
für immer.

CHOR: Wenn es mir erlaubt ist,
die unsichtbare Göttin –
Persephone –
und dich bittend anzubeten,
Herr der Schatten,
Aidoneus,
Aidoneus,
so erbitte ich,
daß nicht zu mühevoll
und ohne schwer stöhnenden Todeskampf
der Fremde gelange
zur alles bergenden Unterwelt,
zu den Totengefilden
und dem Hause der Styx.
Ihn –
den viele
und unverdiente Leiden überkamen –,
möge ihn wieder ein gerechter Gott erhöhen.
Oh Göttinnen der Erdentiefe,
und du,
Leib des unbezwinglichen Untiers,
oh Kerberos,
der du am Tor,
dem viel besuchten,
lagerst
und knurrst aus deiner Höhle
als unbezähmbarer Wächter des Hades,

wie die Sage von alters her geht –
an ihm vorbei,
Sohn der Gaia, der Mutter Erde,
und des Tartaros,
oh Thanatos,
ich bitte dich,
auf freier Bahn laß ihn wandeln,
der aufbricht zur Tiefe,
jener Fremde,
zu den Todesgefilden –
dich rufe ich an,
der du ewigen Schlaf bringst.

BOTE: Männer, Mitbürger,
sehr kurz mich fassend kann ich sagen:
Oidipous ist tot.
Wie aber der Hergang war,
kann die Rede sowenig kurz berichten,
wie es die Dinge dort waren.

CHOR: Ist er tot,
der Unglückliche,
der Jammervolle,
Bejammernswerte?

BOTE: Er verließ für immer das Leben,
dessen seid gewiß.

CHOR: Doch wie?
Durch göttliche,
für den Armen schmerzlose Fügung?

BOTE: Das eben ist des Wunderns wert.
Denn wie er von hier fortging –

ihr wart ja dabei und wißt es gut –,
führte ihn keiner von den Seinen,
sondern er selbst ging als Führer uns allen voran.
Als er aber zu dem steil abfallenden Wege kam,
der mit bronzenen Stufen in der Erde wurzelt,
blieb er stehen
bei einem der viel verzweigten Pfade,
nah bei der kesselartigen Schlucht,
wo zwischen Theseus und Peirithoos
der Treuebund verewigt wurde.
Gleich weit von dort, vom Thorikos-Felsen,
dem hohlen Birnbaum und dem steinernen Grab
ließ er sich nieder.
Dann legte er das schmutzige Gewand ab.
Darauf rief er die Töchter
und gebot ihnen,
vom fließenden Wasser zu holen,
zur Waschung und als Totenspende.
Zum von dort aus sichtbaren Hügel
der alles begrünenden Demeter
gingen sie;
das vom Vater Aufgetragene
besorgten sie in kurzer Zeit:
Sie wuschen ihn
und kleideten ihn so,
wie es Brauch ist.
Als er mit allem zufrieden,
und nichts mehr
ungetan war, was er verlangte,
da donnerte Zeus Chthonios,
der Herr der Erdentiefe,
und die Mädchen schauderten, als sie das hörten.

Auf die Knie vorm Vater fielen sie,
weinten
und hörten nicht auf
mit Brüsteschlagen
und mit langgezogenen Klagen.
Und er,
wie er ihn hört, diesen Klagelaut,
so plötzlich und so bitterlich,
da umschlingt er sie mit den Armen
und sagt:
«Oh Kinder,
ihr habt von diesem Tag an keinen Vater mehr.
Dahingeschwunden ist, was an mir war.
Und auch die Mühsal habt ihr nicht mehr
um meinen Lebensunterhalt.
Hart war sie, ich weiß, Kinder.
Doch eins wiegt all das auf,
ein Wort all diese Plagen:
die Liebe –
die habt ihr von niemandem mehr
als von diesem Manne erfahren,
ohne den ihr nun
den Rest des Lebens hinbringen müßt.»
Und so,
einander fest umschlingend,
schluchzten und klagten sie alle.
Als dann das Ende der Wehklagen gekommen war –
kein Laut erhob sich mehr –,
da war eine Stille.
Da!
Eine Stimme,
plötzlich,

von irgendwo her.
Sie rief ihn laut,
daß uns allen sogleich
die Haare zu Berge standen
vor Furcht und Entsetzen.
Denn es rief ihn laut und wiederholt ein Gott:
«Du dort!
Du dort, Oidipous!
Was zaudern wir, brich auf!
Zu lang hast du gesäumt!»
Und wie er begriff,
vom Gott gerufen zu sein,
hieß er ihn sich nähern,
den Herrscher dieses Landes,
Theseus.
Und als der herantrat, sagte er:
«Du liebes Haupt,
gib deine Hand meinen Töchtern,
als althergebrachtes Unterpfand,
und ihr, Kinder, ihm die euren.
Und versprich, sie niemals im Stich zu lassen,
willentlich,
sondern alles zu vollbringen,
wozu du in der Lage bist,
in guter Absicht für ihr Wohl zu tun –
für alle Zeit.»
Und jener,
als ein Mann von Adel,
ohne Zögern und klaglos,
gelobte mit einem Eid,
dies zu tun für den Fremden.
All dies getan,

berührte Oidipous alsbald
mit schwachen, blinden Händen seine Kinder
und spricht:
«Kinder,
ertragen müßt ihr es,
tapfer und edel.
Verlaßt diesen Ort,
ohne Unerlaubtes sehen zu wollen
noch Gesagtes zu hören.
Nun geht, so schnell wie möglich,
nur der Befugte,
Theseus,
bleibe da,
um zu erfahren, was hier vorgehen wird.»
Soviel sprach er, wir hörten es alle.
Und reichlich Tränen vergießend
mit den Mädchen
gingen wir klagend zusammen fort.
Als wir uns entfernt hatten
und nach kurzer Zeit umwandten,
da sahen wir aus der Ferne,
daß der Mann nirgends mehr zugegen war,
der Herr aber,
um sich die Augen zu schützen,
hielt sich die Hand vor die Stirn,
als sei ihm etwas Ungeheures erschienen,
ein Schreckbild, unerträglich anzuschauen.
Wenig später aber sahen wir,
wie er die Erde niederkniend verehrte
und zugleich den göttlichen Olymp,
in ein und demselben Gebet.
Welchen Tod er starb –

niemand unter den Sterblichen könnte das sagen,
außer Theseus.
Weder hat ihn der flammende Blitz eines Gottes erschlagen,
noch erhob sich ein Meereswirbelwind in jenem Moment,
um ihn hinwegzuraffen;
vielmehr war es
ein von den Göttern gesandter Geleiter –
oder daß die Erde
vor den lichtlosen Stufen zur Unterwelt
sich ihm freundlich und schmerzlos auftat.
Der Mann wurde ohne Seufzen,
ohne von Krankheit geplagt zu sein,
hinübergeleitet –
wie nur je ein Sterblicher wundersam.
Wenn jemand glaubt,
ich würde Unsinn reden,
so werde ich den nicht zu überzeugen suchen,
der glaubt, ich sei nicht recht bei Sinnen.

CHOR: Wo sind die Mädchen
und die begleitenden Freunde?

BOTE: Sie sind nicht weit.
Die unüberhörbaren Klagelaute zeigen an,
daß sie hierherkommen.

ANTIGONE: Aiai,
pheu,
es ist,
es ist an uns beiden jetzt,
das auch in uns fließende

fluchbeladene Blut des Vaters zu beweinen,
wir Unseligen,
für den wir die vielen Mühen sonst standhaft
auf uns nahmen,
nun müssen wir am Ende
auch das Unbegreifliche tragen,
das wir sahen und erlebten.

CHOR: Was denn? Was ist es?

ANTIGONE: Es ist nur zu erahnen, Freunde.

CHOR: Ging er dahin?

ANTIGONE: Wie besser sich's nicht wünschen läßt.
Etwa nicht?
Wo doch weder Ares, der Kriegsgott,
noch das Meer ihn ereilten,
nein,
die unerklärlich dunklen Gefilde haben ihn erfaßt
und durch einen ungewissen Tod entrückt.
Du Arme,
uns beiden ist tödliche Nacht über die Augen
gekommen.
Wie sollen wir denn durch fernes Land
oder durch Meeresfluten irrend
des Lebens schwer zu erringenden Unterhalt
erlangen?

ISMENE: Ich weiß es nicht.
Soll mich der mörderische Hades packen,
so teile ich des greisen Vaters Tod,
ich Arme,
denn mir ist das künftige Leben kein Leben mehr.

CHOR: Ihr beiden allerbesten Kinder,
das, was der Gott zu tragen gibt,
muß man tapfer tragen.
Und nicht zu sehr in Schmerz entbrennen!
Ihr habt wahrlich keinen Grund zur Klage
auf eurem Weg.

ANTIGONE: So gibt es eine Sehnsucht auch
nach Übeln?
Denn was niemals lieb mir war,
war lieb,
solang ich ihn nur in den Armen hielt.
Oh Vater,
oh Lieber,
du hast auf ewig dich
ins Dunkel der Unterwelt gehüllt.
Nicht ungeliebt durch mich,
auch dort wirst du nicht ungeliebt sein,
niemals,
von mir und dieser hier.

CHOR: Er ging dahin …

ANTIGONE: Er ging dahin, wie er es wünschte.

CHOR: Wie denn?

ANTIGONE: Wie er es begehrte.
Auf fremder Erde starb er.
Eine Schlafstatt fand er drunten,
wohlbeschattet auf ewig.
Keine tränenlose Trauer hinterließ er –
sieh mein Auge, Vater,
um dich klagt es unter Tränen,

ich weiß nicht,
wie soll ich Arme es zum Schwinden bringen,
dieses große Weh um dich?
Oimoi,
auf fremder Erde zu sterben begehrtest du,
doch einsam starbst du,
ohne mich.

ISMENE: Oh ich Arme!
Welch neues Verhängnis wartet auf mich!
Und auf dich, du Liebe,
vom Vater so allein gelassen?

CHOR: Doch da sich so glücklich
löste sein Lebensende,
ihr Lieben,
laßt ab von eurem Weh,
von Übeln unerreicht bleibt niemand.

ANTIGONE: Komm, Liebe, eilen wir zurück!

ISMENE: Um was zu tun?

ANTIGONE: Sehnsucht ergriff mich.

ISMENE: Wonach?

ANTIGONE: Das Haus und den Herd in der Erde
zu sehen.

ISMENE: Wessen Haus?

ANTIGONE: Des Vaters, ich Arme!

ISMENE: Wie wäre das erlaubt? Begreifst du das nicht?

ANTIGONE: Warum dieser Vorwurf!

ISMENE: Und auch, daß …

ANTIGONE: Was denn noch?

ISMENE: … daß er ohne Grab dahinging, anders als alle anderen.

ANTIGONE: Dann nimm mich und töte mich auch, über ihm.

ISMENE: Aiai,
ich tief Unglückliche,
wo soll ich nun,
so verlassen, hilflos,
mein armseliges Leben fristen?

CHOR: Ihr Lieben, fürchtet euch nicht.

ANTIGONE: Aber wohin fliehen?

CHOR: Schon einmal ist euch die Flucht gelungen.

ANTIGONE: Wovor?

CHOR: Vor euer beider Sturz ins Unglück.

ANTIGONE: Ich denke …

CHOR: Was denkst du noch?

ANTIGONE: Wie kommen wir nach Hause?
Ich weiß es nicht.

CHOR: Dann trachte nicht danach.

ANTIGONE: Not ergreift uns.

CHOR: Schon früher ergriff sie euch.

Antigone: Damals ausweglos, jetzt noch viel mehr.

Chor: Ja,
eine tiefe See von Plagen ist euer Los.

Antigone: Ja, ja!

Chor: Da stimme ich zu.

Antigone: Pheu, pheu,
wohin sich wenden, Zeus?
Welche Hoffnung
kann mir der Daimon jetzt noch geben?

Theseus: Macht ein Ende dem Threnos,
dem Trauergesang, Kinder!
Wem es Gnade ist,
daß erdentiefe Nacht ihn bedeckt,
um den zu trauern ist nicht angebracht –
tadelnswert vielmehr.
Nemesis, der göttliche Zorn, droht.

Antigone: Sohn des Aigeus,
inständig bitten wir dich …

Theseus: Worum, ihr Mädchen,
was soll ich vollbringen?

Antigone: Das Grab wollen wir sehen,
mit eigenen Augen,
das Grab unseres Vaters.

Theseus: Nein, es ist nicht erlaubt, dorthin zu gehen.

Antigone: Was sagst du da, Herr,
Herrscher Athens?

THESEUS: Ihr Mädchen,
es verbot mir jener Mann
zu gestatten,
daß irgendein Sterblicher sich nähere jenem Ort
oder die Stimme erhebe
über dem heiligen Grab, in dem er ruht.
Und wenn ich das,
sagte er,
befolgte, genau und streng,
erhielte ich dies Land für immer unversehrt.
All das und mein Versprechen
hörte der Daimon,
wie auch der alles Sehende, der Diener des Zeus,
Horkos, der die Eide beschützt.

ANTIGONE: Nun,
wenn das in seinem Sinne ist,
so soll es mir genügen.
Aber nach der Stadt Theben,
der altehrwürdigen,
schicke uns,
um ihn vielleicht noch zu verhindern,
den drohenden Tod unserer Brüder.

THESEUS: Das will ich tun
und alles, was ich irgend kann,
damit es euch dienlich sei
und ihn,
dem unter der Erde,
der heute von uns ging,
erfreut.
Darin darf ich nicht müde werden.

CHOR: Also hört auf.
Nicht mehr den Threnos,
den Klagegesang, angestimmt!
Denn all das hat volle Gültigkeit.

NACHWORT

von Bernd Seidensticker

Sophokles' Leben und Werk

Sophokles wurde 497/96[1] v. Chr. als Sohn des wohlhabenden Unternehmers Sophillos in der attischen Ortschaft Kolonos geboren und starb, noch im selben Jahr wie Euripides, im Alter von 90 Jahren in Athen. Der Zeitpunkt seines Todes läßt sich aus zwei Zeugnissen recht genau bestimmen: Den terminus post quem bietet die Vita des Euripides, in der berichtet wird, daß Sophokles beim Proagon der Großen Dionysien[2] des Jahres 406, um den gerade gestorbenen Kollegen und Rivalen Euripides zu ehren, seinen Chor ohne Kranz habe auftreten lassen und selber im Trauergewand erschienen sei; der terminus ante quem ergibt sich aus den *Fröschen* des Aristophanes, die an den Lenäen des Jahres 405 aufgeführt wurden, und in denen Dionysos, weil es nach dem Tod aller drei großen Tragiker (Aischylos, Sophokles und Euripides) keine Dichter gibt, die an ihren Platz treten könnten, in den Hades hinabsteigt, um wenigstens einen von ihnen nach Athen zurückzuholen.

Sophokles hat also nicht nur die glorreiche Abwehr des zweimaligen persischen Angriffs auf Griechenland und den rasanten Aufstieg Athens zum politischen und kulturellen Zentrum der griechischen Welt miterlebt, sondern – nach dem glänzenden Höhepunkt der athenischen Demokratie unter der Führung des Perikles – auch die Schattenseiten der sogenannten ‹radikalen› Demokratie und den mörderischen Bruderkrieg zwischen Athen und Sparta (431–404) mit dem von Thukydides eindrücklich geschilderten moralischen Verfall. Die Kapitulation Athens hat er nicht mehr miterleben müssen.

Anders als die beiden anderen großen Tragiker, für die es jedenfalls keine entsprechenden Zeugnisse gibt, ist Sophokles nicht nur als Dichter hervorgetreten, sondern hat auch eine Reihe von politischen und kultischen Ämtern übernommen. So ist inschriftlich bezeugt, daß er im Jahre 443/42 Hellenotamias, d. h. einer der zehn Schatzmeister Athens war – zu einer Zeit, in der dieses Amt für das großartige Bauprogramm, mit dem Perikles der Stadt ein neues Gesicht gab,[3] von großer Bedeutung war. Außerdem wurde er zwei Jahre später in das Kollegium der zehn Feldherren gewählt und nahm in dieser Funktion an der Expedition nach Samos teil, mit der Perikles auf der zum Attisch-Delischen Seebund gehörenden Insel nach einem oligarchischen Putsch die Demokratie wiederherstellen wollte. Perikles soll ihn bei dieser Gelegenheit einen guten Dichter, aber schlechten Strategen genannt haben. Dazu paßt, daß Sophokles offenbar nicht an den Kämpfen auf Samos teilgenommen hat, sondern als Gesandter auf die Nachbarinseln Chios und Lesbos geschickt wurde, um zu verhindern, daß die beiden ebenfalls zum Seebund gehörenden Inseln sich von der Revolte in Samos anstecken lassen könnten. Daß er danach noch einmal oder sogar zweimal Stratege war, ist bezeugt bzw. vermutet worden; die Nachrichten können aber nicht als zuverlässig gelten. Sicher ist dagegen, daß der Dichter im Jahre 413, nach dem verheerenden Scheitern des athenischen Versuchs, Sizilien zu erobern, zu dem Gremium der zehn Probulen (d. h.

‹Vorberater›) gehörte, die Ratschläge erarbeiten sollten, wie es in der durch die sizilische Katastrophe ausgelösten existentiellen Krise weitergehen könne – damals war die athenische Flotte vernichtet worden und Tausende Athener waren gefallen bzw. in Gefangenschaft geraten. Sophokles scheint den Vorschlag des Gremiums, die Demokratie durch eine oligarchische Regierung aus 400 Ratsmitgliedern zu ersetzen, mitgetragen zu haben. Aristoteles berichtet, daß Sophokles später auf die Frage, wie er denn für etwas, was er für schlecht gehalten habe, stimmen konnte, geantwortet habe: «Es gab keine bessere Lösung.»

In der voll entwickelten athenischen Demokratie wurde der weitaus größte Teil der Ämter durch das Los vergeben. Die Tatsache, daß die Ämter, die Sophokles bekleidet hat, zu den Ausnahmen gehören, bei denen die Amtsinhaber nicht ausgelost, sondern gewählt wurden, zeigt, wie bekannt und beliebt der Dichter bei den Zeitgenossen war.

Auch im kultischen Kontext hat Sophokles wichtige Aufgaben übernommen. So soll er Priester eines Heilheros mit dem Namen Halon gewesen sein und, als im Jahre 420 der Kult des Asklepios in Athen etabliert werden sollte, den Heilgott – bzw. die ihn symbolisierende heilige Schlange – mit einem Paian begrüßt und ihn, bis zur Fertigstellung des für den Gott vorgesehenen Tempels, in seinem Haus aufgenommen haben; dafür soll er nach seinem Tod mit einem eigenen Kult als Heros Dexion («der Aufnehmende») geehrt worden sein. Im einzelnen ist hier manches unklar; am Kern der Nachrichten müssen wir deshalb jedoch nicht zweifeln.

Im ‹Hauptberuf› war Sophokles aber natürlich Dichter, und als solcher außergewöhnlich produktiv. Der Vater verfügte offenbar über ausreichende Mittel, dem Sohn eine gute musische Ausbildung zuteil werden zu lassen. Athenaios (um 200 n. Chr.) berichtet, daß der berühmte Musiklehrer Lampron sein Musik- und Tanzlehrer gewesen sei, und fügt die auch von der Vita bezeugte Nachricht hinzu, daß Sophokles, nach dem entscheidenden Sieg der Griechen über die Perser in der Seeschlacht vor Salamis im Jahre 479, den Chor angeführt habe, der den Sieg am Denkmal mit einem Paian feierte.

Als Siebenundzwanzigjähriger nahm Sophokles im Jahre 470 zum ersten Mal am Tragödienwettbewerb der Großen Dionysien teil und errang bereits zwei Jahre später seinen ersten Sieg. In den sechseinhalb Jahrzehnten bis zu seinem Tod schrieb und inszenierte er 113 (vielleicht sogar 123) Stücke, d. h. fast zwei pro Jahr, und errang bei seinen 28 Teilnahmen am Wettbewerb nicht weniger als 18 Siege. Die byzantinische Enzyklopädie *Suda* spricht sogar von 24 Siegen. Die Differenz könnte sich daraus erklären, daß Sophokles auch erfolgreich am Lenäenwettbewerb teilgenommen hat oder daß es sich bei den sechs ‹zusätzlichen› Siegen um Siege handelt, die der gleichnamige Enkel Sophokles II., der auch den nachgelassenen *Ödipus auf Kolonos* auf die Bühne gebracht hat, mit Wiederaufführungen von Stücken des Großvaters errungen hat.

Erhalten sind von diesem umfangreichen Œuvre lediglich die sieben Stücke einer Schulauswahl sowie zahlreiche Fragmente, und von diesen sieben Stücken sind lediglich der *Philoktet* (409) und der posthum aufgeführte *Ödipus auf Kolonos* (401) sicher datiert. Gemeinhin geht die Forschung heute davon aus, daß der *Aias* das älteste der erhaltenen Stükke ist, auf das *Trachinierinnen*, *Antigone* und *Ödipus Tyrannos* folgen, während *Elektra*, *Philoktet* und *Ödipus auf Kolonos* das Spätwerk, aus den letzten zehn Lebensjahren des Dichters, bilden.

Neben den Tragödien und Satyrspielen sind für Sophokles auch Elegien und Paiane bezeugt, von denen allerdings so gut wie nichts erhalten ist, und schließlich soll er auch eine Prosaschrift mit dem Titel «Über den Chor» verfaßt haben. Das kann zwar angesichts der notorischen Unzuverlässigkeit der byzantinischen Enzyklopädie, der wir die Nachricht verdanken, nicht als sicher gelten, ist aber durchaus möglich. In der zweiten Hälfte des 5. Jahrhunderts haben auch Architekten, Bildhauer und Maler über ihre Arbeit geschrieben.

Eine Reihe von Zeugnissen spricht davon, daß Sophokles für wichtige Innovationen verantwortlich gewesen sei. So habe er den Chor von 12 Choreuten auf 15 vergrößert, den dritten Schauspieler eingeführt und die Bühnenmalerei erfunden. Daß solche Neuerungen gleich nach ihrer Einführung immer auch für die anderen Tragiker gültig wurden, ergibt sich daraus, daß die Bedingungen des dramatischen Wettbewerbs für alle Teilnehmer identisch sein mußten. Dem Aristotelesschüler Aristoxenos und einem byzantinischen Traktat über die Tragödie verdanken wir die Nachricht, daß Sophokles zudem für seine Chorlieder bisher in der Tragödie noch nicht verwendete Tonarten eingeführt habe, und zu den zahlreichen ihm zugeschriebenen Neuerungen rechnet die Vita auch, daß er als erster Tragiker nicht mehr selber in seinen Stücken als Schauspieler aufgetreten sei. Als junger Mann habe er noch Rollen übernommen und z. B. als Nausikaa in dem gleichnamigen Stück einen großen Erfolg erzielt; später habe er dann aber die Schauspielerei aufgegeben, weil seine Stimme zu schwach gewesen sei.

Aristophanes hat Sophokles in den bald nach dem Tod des Dichters aufgeführten *Fröschen* als *eukolos* (heiter, ausgeglichen, umgänglich) charakterisiert und der Komödienschreiber Phrynichos hat ihm in der innerhalb desselben Wettbewerbs aufgeführten Komödie mit dem Titel *Musen*, in der nicht wie bei Aristophanes Aischylos und Euripides um den Rang des besten Tragikers stritten, sondern Sophokles und Euripides, mit folgenden Versen ein Denkmal gesetzt:

Seliger Sophokles, der du nach einem langen Leben
gestorben bist, ein glücklicher und begabter Mann.
Du hast viele und schöne Tragödien geschaffen
und ein schönes Ende gefunden, ohne Leid erfahren zu haben.

Wie bekannt, allseits beliebt und geachtet Sophokles war, zeigt sich auch in der Ehre, die ihm die Spartaner erwiesen haben sollen, die zu dieser Zeit die strategisch wichtige Ortschaft Dekeleia nördlich von Athen besetzt hielten und die der Familie – angeblich nachdem Dionysos ihrem Feldherrn Lysander zweimal im Traum erschienen war – gestatteten, den Toten in dem Familiengrab zu bestatten, das an der von ihnen blockierten Straße dorthin lag. Das Grabmal war mit einer Sirene geschmückt

Die drei Porträttypen, die in zahlreichen römischen Kopien erhalten sind, gehen offenbar auf drei Porträtstatuen zurück, die alle im 4. Jahrhundert entstanden sind: Die älteste könnte bald nach dem Tod des Dichters von der Familie in Auftrag gegeben worden sein; die zweite wurde um 330 von Lykurg zusammen mit Statuen der beiden anderen großen Tragiker im Dionysostheater am Südosthang der Akropolis aufgestellt; die dritte – und wahrscheinlich jüngste – zeigt den Dichter als Greis und war, wie die große Zahl der erhaltenen Kopien zeigt, besonders beliebt.

Der *Ödipus auf Kolonos*[4]

Posthume Aufführung und Anlaß für die Entstehung des Stücks

Der *Ödipus auf Kolonos* wurde 401, fünf Jahre nach dem Tod des Sophokles, von seinem gleichnamigen Enkel, der später selber ein erfolgreicher Dramatiker war,[5] aufgeführt. Es ist nicht bezeugt, aber angesichts des sicher großen Interesses an einem nachgelassenen Stück des berühmten Großvaters sehr wahrscheinlich, daß es im Rahmen des größten der drei Theaterfeste gezeigt worden ist, an den Großen Dionysien. Das bedeutet, daß Sophokles II. für den Wettbewerb, an dem drei Dramatiker mit je einer Tetralogie um den Sieg stritten, zwei weitere Stücke und ein Satyrspiel bieten mußte. Grundsätzlich durften im 5. Jahrhundert an den Großen Dionysien keine ‹alten› Stücke wiederaufgeführt werden. Aber die Athener hatten schon nach dem Tod des Aischylos beschlossen, daß jedermann mit seinen Stücken am Wettbewerb teilnehmen dürfe, und könnten durchaus dieses Privileg auch für Sophokles beschlossen haben. Die verschiedentlich geäußerte Annahme, der Enkel habe *Ödipus Tyrannos*, *Ödipus auf Kolonos* und *Antigone* zu einer thebanischen Inhaltstrilogie verbunden, ist verlockend.[6] Sollte diese Hypothese zutreffen, so haben die Zuschauer des Jahres 401 die vielfältigen intertextuellen Verbindungen, mit denen Sophokles den *Ödipus auf Kolonos* mit seinen beiden anderen thebanischen Tragödien verknüpft hat (s. u. S. 155-65), schneller und vollständiger erkennen und bewundern können, als es der Dichter zum Zeitpunkt, als er das Stück schrieb, erwarten konnte.

Die Frage, was Sophokles dazu veranlaßt haben mag, am Ende seines Lebens den Ödipusstoff wiederaufzunehmen, können wir nicht mehr beantworten. Den Anstoß könnten die *Phoinissen* des Euripides gegeben haben. Das Stück dramatisiert den mit ihrem tödlichen Zweikampf endenden Streit der beiden Ödipussöhne Eteokles und Polyneikes um die Herrschaft in Theben. Am Ende erklärt Ödipus, nachdem er sich von seinen toten Söhnen verabschiedet hat, daß sich nun ein weiteres Orakel des Apollon erfülle, das vorausgesagt habe, er werde lange umherirrend schließlich in Attika sterben, und zwar in Kolonos.[7] Das Stück ist nicht datiert; sicher ist jedoch, daß es nach 412 aufgeführt worden ist. Da Sophokles seinen *Ödipus auf Kolonos* bei seinem Tod im Jahre 406 offenbar so gut wie vollständig hinterlassen hat, dürfte er relativ bald nach den *Phoinissen* mit der Konzeption und Ausarbeitung seines letzten Stücks begonnen haben, und es spricht einiges dafür, daß er sich von seinem größten Rivalen hat inspirieren lassen.[8] Es liegt zudem nahe anzunehmen, daß ihn der Gedanke, ein Stück über das Ende des Ödipus zu schreiben, auch deswegen gereizt hat, weil er sein Schicksal am Ende des *Ödipus Tyrannos* offengelassen hatte.[9] Und schließlich haben wohl auch biographische Gründe eine Rolle gespielt. Der Stoff war dem Neunzigjährigen sicher nicht nur deswegen nahe, weil er den eigenen Tod vor Augen hatte, sondern auch und vor allem, weil er mit seinem vielleicht letzten Stück seinem Geburtsort Kolonos und der Polis Athen ein Denkmal setzen konnte. Hatte er mit dem *König Ödipus* – am Vorabend des dreißigjährigen Kriegs zwischen Athen und Sparta – ein Hohes Lied auf die Größe und Gefährdung des perikleischen Athen geschaffen, so beschwört er im *Ödipus auf Kolonos* noch einmal Größe und Glanz seiner Heimatstadt.

Das Stück ist in der Endphase des langen Kriegs zwischen Athen und Sparta entstanden. Athen hatte sich zu dieser Zeit von der Katastrophe, mit der die militärische Expedition nach Sizilien geendet hatte (413), und einem kurzlebigen oligarchischen Putsch (411) recht gut erholt und am Hauptschauplatz der Kämpfe in der nordöstlichen Ägäis eine Reihe von wenn auch verlustreichen Siegen errungen, mit denen die für die Versorgung der Stadt lebenswichtige Route ins Schwarze Meer offengehalten werden konnte. Aber natürlich war die Lage sehr angespannt. Sparta hielt die strategisch wichtige Festung Dekeleia, ca. zwanzig Kilometer nördlich von Athen, besetzt und drangsalierte von dort weite Teile Attikas. Ein großer Teil der Bevölkerung hatte in der Stadt Zuflucht genommen. Davon ist in dem Stück so gut wie nichts zu spüren. Allenfalls mag die Szene, in der Theseus' Reiterei verhindert, daß Kreon Ödipus und seine beiden Töchter mit Gewalt nach Theben zurückbringen kann, ein Reflex auf die regelmäßigen Scharmützel sein, die sich die athenische Reiterei in dieser Zeit mit dem Feind lieferte, der von Dekeleia aus immer neue Plünderungszüge unternahm.[10] Das von Sophokles als Hintergrund für das Ende des Ödipus entworfene Idealbild eines von Theseus, dem siegreichen mythischen König der Stadt und Ahnherrn der Demokratie, verkörperten Athen und die vom Chor besungene Ruhe und Schönheit des attischen Landes standen in starkem Kontrast zur Realität.

Das war zum Zeitpunkt der Aufführung des *Ödipus auf Kolonos* im Jahre 401 nicht mehr in gleicher Weise der Fall. Athen hatte sich nach der Kapitulation im Jahre 404 wirtschaftlich überraschend schnell erholt und nach wenigen

Monaten einer von Sparta gestützten oligarchischen Schrekkensherrschaft auch die demokratische Ordnung wiederhergestellt. Nach fast dreißig Kriegsjahren konnte die Stadt endlich wieder aufatmen und auf eine bessere Zukunft hoffen. Die politischen Themen und Motive, die Sophokles im Schatten der drohenden Katastrophe mit dem mythischen Stoff evoziert hatte – Exil und Asyl, Hinterlist, Gewalt und Bürgerkrieg –, waren zwar noch jedermann im Publikum präsent, hatten aber an Brisanz verloren. Die Beschwörung der in der Gestalt des Theseus verkörperten Tugenden Athens, der Schönheit Attikas und des auf der Stadt ruhenden Segens der olympischen und der chthonischen Götter mag den nostalgisch auf die goldene Zeit zurückblickenden Zuschauern wie das Versprechen einer baldigen Erneuerung erschienen sein. Zugleich war aber auch die mahnende Erinnerung an die politischen, religiösen und moralischen Werte unüberhörbar, ohne die die frühere Größe nicht zurückzugewinnen sein würde.

Der mythische Stoff

Kurze Zeit vor den dramatischen Wettbewerben der Großen Dionysien wurden die Aufführungen bei einer ‹Reklameveranstaltung›, dem sogenannten Proagon (Vor-Wettbewerb), angekündigt. Dichter und Musiker, Schauspieler und Chöre präsentierten sich – bekränzt, aber noch ohne Masken und Kostüme – der Öffentlichkeit. Ob und in welcher Weise dabei auch die Stücke vorgestellt wurden, ist unklar. Es kann aber als sicher gelten, daß die Zuschauer, als sie hörten, daß der Enkel des Sophokles unter anderem ein nachgelassenes Stück des Großvaters mit dem Titel *Ödipus auf Kolonos* zur Aufführung bringen würde, wußten, welche Geschichte sie erwartete. Antiphanes, ein Komödienschreiber des 4. Jahrhunderts, läßt in seiner Komödie *Poiesis* (*Die Dichtung*) eine seiner Figuren die Tragiker glückselig preisen, weil den Zuschauern die Stoffe ihrer Stücke immer schon vorher vertraut seien: «Wenn ich nur ‹Ödipus› sage, / gleich wissen sie auch alles andere: Vater: Laios, / Mutter: Iokaste, welche Töchter und Söhne, / was er erleiden wird und was er getan hat.»

In der Tat war der thebanische Labdakidenmythos[11] besonders gut bekannt. Einzelne Erwähnungen in *Ilias* und *Odyssee* zeigen, daß das Schicksal von Laios, Ödipus und seinen Söhnen Eteokles und Polyneikes bereits Gegenstand der vorhomerischen epischen Dichtung war. Leider ist von den drei Epen des thebanischen Sagenkreises außer den Titeln (*Oidipodeia*, *Thebais* und *Epigonoi*) kaum etwas erhalten. Immerhin zeigen die Worte, mit denen Odysseus im 11. Buch der *Odyssee* (V. 281–90) erzählt, wie er in der Unterwelt auch die Mutter des Ödipus gesehen hat, die hier nicht Iokaste, sondern Epikaste heißt, daß die großen Linien der Geschichte bereits vor Homer feststehen:

> *Und die Mutter des Ödipus sah ich, die schöne Epikaste, / die in dem Unverstande ihres Sinnes ein ungeheuerliches Werk getan, / da sie sich mit dem eigenen Sohn vermählte. Der hatte seinen Vater getötet / und sie zur Frau genommen. Und alsbald machten die Götter es den Menschen ruchbar. / Doch jener herrschte, Schmerzen leidend, / nach der Götter verderblichen Ratschlüssen in der gar lieblichen Thebe / weiter über die Kadmeer. / Sie aber ging in das Haus des Hades, des übergewaltigen Pförtners, / nachdem sie sich steil von dem hohen Dach herab eine Schlinge gebunden, / von ihrem Kummer überwältigt. Ihm aber ließ sie Schmerzen zurück, / so viele nur der Mutter Rachegeister vermögen.*

Weitere Zeugnisse bestätigen, daß Ödipus in dem nach ihm benannten Epos *Oidipodeia* nach der Aufdeckung des Inzests und dem Selbstmord Epikastes – anders als in den späteren Gestaltungen des Stoffs – weiterregierte und daß die vier Kinder nicht von Epikaste, sondern von einer zweiten Frau stammten, die Euryganeia (bzw. Eurygane) heißt.[12] Es ist nicht deutlich, worauf der homerische Odysseus mit den Schmerzen, die die Erinyen der Mutter des Ödipus bereiten, anspielt. Klar ist, daß Ödipus im zweiten der drei thebanischen Epen, der *Thebais*, seine beiden Söhne Eteokles und Polyneikes verflucht hat. Aus diesem Epos ist so gut wie nichts erhalten; zweifellos hat aber der Streit der beiden Brüder um das Erbe des Vaters und die Herrschaft in Theben im Mittelpunkt gestanden.

In der Folge hat es sicher viele weitere Gestaltungen des Stoffs mit immer neuen Variationen im Detail gegeben. Da aber Chorlyrik und Kitharodie der archaischen und frühklassischen Zeit zum größten Teil verlorengegangen sind, können wir die Entwicklung des Stoffs zwischen dem epischen *Kyklos* und der Tragödie des 5. Jahrhunderts nicht mehr erkennen. Besonders bedauerlich ist der Verlust der Dichtung des Stesichoros (6./5. Jahrhundert), der, wie ein längeres Papyrusfragment zeigt, auch ein umfangreiches Gedicht über die tragisch endende Auseinandersetzung der beiden Ödipussöhne geschrieben hat, in dem es durchaus gewichtige Innovationen gegeben haben kann.

Im 5. Jahrhundert waren es dann offenbar die Tragiker, die den Ödipusstoff immer wieder auf die Bühne gebracht haben. Von vielen Stücken kennen wir nur die Titel und können folglich nicht sagen, welcher Teil seiner tragischen Lebensgeschichte dramatisiert war und ob bzw. welche Neuerungen und Variationen wir welchen Gestaltungen des

Mythos verdanken. Immerhin sind zwei Stücke erhalten, die gewichtige Innovationen des Stoffs präsentieren und zusammen mit den drei thebanischen Stücken des Sophokles die Form des Mythos nachhaltig geprägt haben: Aischylos' *Sieben gegen Theben* und Euripides' *Phoenissen*.

Das aischyleische Stück gehört zu einer im Jahre 467 aufgeführten Tetralogie, in der der Dichter das Schicksal der Labdakiden über drei Generationen – von Laios über Ödipus bis zu Eteokles und Polyneikes – dramatisiert hat.[13] Das abschließende Satyrspiel zeigte den Sieg des Ödipus über die Sphinx, der den Rätsellöser in tragischer Ironie zum König von Theben und Ehemann seiner Mutter macht. Die ersten beiden Stücke sind verlorengegangen. Immerhin läßt sich einem der Chorlieder des erhaltenen dritten Stücks, das den Titel *Sieben gegen Theben* trägt, entnehmen, daß sich Ödipus am Ende des nach ihm benannten zweiten Stücks geblendet und die aus der Ehe mit seiner Mutter hervorgegangenen Söhne wegen des Inzests verflucht hat. Die Tetralogie ist damit die erste erhaltene Gestaltung des Stoffs, in der Eteokles und Polyneikes aus der inzestuösen Ehe mit Iokaste und nicht, wie im Epos, aus der zweiten Ehe hervorgehen. Im Zentrum der *Sieben gegen Theben* stehen der Angriff des argivischen Heeres, mit dem Polyneikes, nachdem Eteokles ihn im Streit um die Herrschaft aus der Stadt vertrieben hat, zurückkehrt, um die Macht mit Gewalt an sich zu reißen, und der mörderische Zweikampf der Ödipussöhne. Über das Schicksal des Ödipus, dessen Fluch die Entwicklung der Tragödie bestimmt, der aber keinen Auftritt hat, verliert Aischylos kein Wort.

Das ist in den *Phoinissen* des Euripides, die denselben Stoff wie die *Sieben gegen Theben* zum Gegenstand haben, anders: Hier überlebt Ödipus, den seine Söhne im Palast eingesperrt haben, ihren Tod und wird am Ende von seinem Schwager Kreon aus der Stadt verbannt. Antigone entscheidet sich, den blinden Vater ins Exil zu begleiten. Das letzte Bild des Stücks zeigt den blinden Greis, wie er, von Antigone geführt, die Heimat verläßt (V. 1710–36).

Das Stück

Der Anfang des *Ödipus auf Kolonos* schließt mit dem Auftritt von Ödipus und Antigone direkt an den Schluß der *Phoinissen* an, und nachdem Ödipus erfahren hat, daß er sich in Kolonos befindet und nichtsahnend den Hain der Eumeniden betreten hat, erklärt auch er, wie der euripideische Ödipus, daß er hier, im attischen Kolonos, das von Apollon vorausgesagte Ende finden werde (V. 84–95).

Im folgenden wird Ödipus dann zunächst von den Einwohnern des Demos, die den Chor bilden, und dann von Theseus, dem mythischen König Athens, aufgenommen und, nachdem der Versuch Kreons, ihn nach Theben zurückzubringen, gescheitert ist und er den um seine Unterstützung im Kampf gegen Theben flehenden Polyneikes abgewiesen hat, im Hain der Eumeniden entrückt. Am Ende seines Lebens zeigen ihm so die Fluch- und Rachegöttinnen, die ihn seit seiner Geburt begleitet haben, ihr freundliches Gesicht. Er, der am Anfang des Stücks um Schutz und Hilfe flehen mußte, wird fortan als Heros die Grenzen Athens gegen Angreifer schützen.

Daß dem Stück eine Lokalsage zugrunde liegt, ist wahrscheinlich.[14] Klar ist aber auch, daß Sophokles diese Lokalsage so geformt hat, daß sie in Einklang mit seinen früheren Gestaltungen des Ödipus-Mythos stand. So endet die Szene, in der Ödipus den um seine Unterstützung bittenden Sohn zurückweist und verflucht, mit einem Abschiedsgespräch zwischen Antigone und dem todgeweihten Polyneikes, der sie schließlich bittet, ihn nach der Erfüllung des väterlichen Fluchs zu bestatten.

Oh ihr, dieses Mannes geschwisterliche Kinder,
ihr wenigstens,
die ihr die Härte des Vaters hier hörtet
und seinen Fluch,
mögt ihr beide mich nicht,
bei den Göttern,
wenn die Flüche des Vaters sich erfüllen
und euch nach Hause irgend Rückkehr wird –,
mögt ihr mich nicht für unwürdig halten,
sondern ins Grab mich legen mit den Totengaben.
(V. 1405–10)

Niemand kann an dieser Stelle den Vorverweis auf das tragische Ende Antigones überhören, das Sophokles in dem nach ihr benannten Stück dramatisiert hat; und das gleiche gilt für den Schluß des Stücks, als Antigone Theseus auffordert, sie und ihre Schwester nach Theben zurückkehren zu lassen, um vielleicht den drohenden Doppelmord der beiden Brüder noch zu verhindern (V. 1768–72).

Von erheblich größerer Bedeutung für die Gestaltung des *Ödipus auf Kolonos* ist jedoch der ca. 25 Jahre vorher entstandene *Ödipus Tyrannos,*[15] den viele der Zuschauer des Jahres 401 gesehen haben dürften.[16] Schon in der Antike hat man den Zusammenhang zwischen den beiden Ödipus-Dramen des Sophokles gesehen, ohne daß wir erfahren, worin dieser besteht.[17] Heute ist der Gedanke, daß der *Ödipus auf Kolonos* so etwas wie das komplementäre Gegenstück zum *Ödipus Tyrannos* sei, daß nämlich dem Abstieg des Königs bis zur Vernichtung der Aufstieg des Bettlers bis zur Heroisierung folge, Allgemeingut der Sophokles-Interpretation.

Sophokles hat, als er sich am Ende seines Schaffens noch einmal einer tragischen Gestalt seiner Reifezeit zuwendet, Form und Inhalt des früheren Stücks deutlich vor Augen.[18] Es läßt sich zeigen, daß er seine beiden Ödipus-Tragödien nicht nur durch inhaltliche Rückverweise und Verknüpfungen, durch die Beantwortung offengebliebener Fragen und durch Motivaufnahmen, Selbstzitate und Anspielungen zu einer Einheit verbunden hat, sondern auch durch die Verwendung von Parallelen und Kontrasten in Szenenbau und Personenzeichnung und durch die Gesamtstruktur, die von den beiden Stücken gebildet wird.[19] Als Ödipus im *Ödipus auf Kolonos* auf die Nachricht seiner Tochter Ismene, daß er in der Zukunft den Thebanern noch einmal «erwünscht sein werde, lebend und im Tod» (V. 389 f.), erstaunt nachfragt, wie das denn sein könne, erwidert diese: «Jetzt richten dich die Götter auf; früher haben sie dich vernichtet» (V. 394). In dieser knappen Antwort ist die dramatische Bewegung, in der die beiden Stücke zusammengeschlossen sind, pointiert formuliert. Der Sturz des Königs und die Erhebung des Bettlers gehören zusammen:[20]

Ödipus wird gleich nach der Geburt von seinen Eltern im Kithairon ausgesetzt, weil seinem Vater Laios geweissagt worden ist, daß sein Sohn ihn töten werde. Von diesem Tiefpunkt seines Lebens führt ihn der Weg über Korinth, wo er aufwächst, nach Delphi, wo er das Orakel danach befragt, wer seine Eltern sind, und zu dem Dreiweg, an dem er ahnungslos den Vater erschlägt, bis zum Höhepunkt seiner Lebenskurve, dem Sieg über die Sphinx, mit dem er nicht nur Ehre und Ruhm, sondern auch Königreich und Königin gewinnt. Auf diesem Gipfel seines Glücks steht Ödipus auch noch zu Beginn des *Ödipus Tyrannos*, dessen Handlung einige Jahre später einsetzt. Er, der Theben vor der Sphinx gerettet hat, ist auch jetzt der einzige, der die pestgeplagte Stadt heilen kann. Der Prolog zeigt Ödipus als souveränen Herrscher, der sich seiner Macht und Klugheit ebenso bewußt ist wie der daraus folgenden Verpflichtung zu handeln. So hat er auch bereits seinen Schwager Kreon zum Orakel nach Delphi geschickt. Mit dem Befehl Apollons, den Mörder des Laios aus dem Lande zu vertreiben, beginnt die Analyse der Vergangenheit, die den Richter zum Angeklagten werden läßt. Das ‹Rätsel›, das ihm jetzt gestellt ist, kann der Rätsellöser nicht mehr lösen. Der Glaube an die eigene Intelligenz verstellt ihm den Blick auf die Wahrheit. Der väterliche König des Prologs wird zum wütenden Tyrannen, der den Seher Teiresias und seinen Schwager Kreon zu Unrecht beschimpft und bedroht. Der zweite Teil des Stücks lenkt die Suche nach dem Mörder des Laios mit Iokastes Erwähnung des Dreiwegs, an dem Laios erschlagen worden ist, in die richtige Bahn, und in den folgenden Szenen kommt Ödipus Schritt für Schritt der schrecklichen Wahrheit näher: Er erkennt, daß es sein Vater war, den er am Dreiweg erschlagen hat und daß er jahrelang mit der eigenen Mutter gelebt und Kinder gezeugt hat, stürzt von der Bühne und blendet sich über der Leiche seiner Frau, die sich im Schlafgemach erhängt hat. Der furchtbare Fluch, mit dem er am Anfang des Stücks den Mörder des Laios belegt hat, ist auf ihn selber zurückgeschlagen. Der König, der befahl, den Schuldigen aus göttlicher und menschlicher Gemeinschaft auszustoßen, verlangt nun seine Vertreibung aus der Stadt.

Der Fall Ödipus scheint damit abgeschlossen. Doch was

mit dem Täter geschehen wird, bleibt im dunkeln. Das Stück schließt offener als die anderen erhaltenen Tragödien des Dichters: Odysseus' Fürsprache sichert Aias in dem nach ihm benannten Stück Ehre und Grab; in den *Trachinierinnen* wird Herakles am Ende auf dem Scheiterhaufen zum Heros; Antigones Tod und seine tragischen Folgen für Kreon ziehen einen klaren Schlußstrich unter die Auseinandersetzung um die Bestattung des Polyneikes; Orest und Elektra gelingt in der *Elektra* die ersehnte Rache, und im *Philoktet* bringt Herakles als *deus ex machina* die Lösung der ausweglos erscheinenden Situation.

Ödipus' Schicksal bleibt dagegen offen. Die wiederholten Bitten, ihn aus dem Land zu verbannen (V. 1290 f., 1340 f., 1410 ff., 1436 f., 1449 ff. und 1518), sind weder erfüllt noch endgültig abgelehnt;[21] die zur Selbstverfluchung werdende Verfluchung des Laios-Mörders (V. 236 ff.) hat ihn noch nicht voll getroffen; Apollons Auftrag, «die Befleckung des Landes, die auf diesem Boden genährt worden ist, zu vertreiben» (V. 95 ff.), und die Prophezeiung des Sehers (V. 454 ff.): «blind anstatt zu sehen, als Bettler anstatt reich, wird er in fremdem Land, mit dem Stab sich vortastend, umherwandern» (V. 454 ff.) sind nicht erfüllt. Erst der Anfang des *Ödipus auf Kolonos* beantwortet die offenen Fragen, mit denen der Dichter den Zuschauer am Ende des *Ödipus Tyrannos* entlassen hat.

Der lange Zeitraum, der zwischen den beiden Ödipus-Dramen liegt, wird so völlig überbrückt. Die Schlußszene des *Ödipus Tyrannos* und der Prolog des *Ödipus auf Kolonos* schließen wie der erste und zweite Akt aneinander an. Ödipus hat noch einen Schritt hinab getan und den Tiefpunkt seiner Lebenskurve erreicht. Das macht Sophokles auch dadurch deutlich, daß er die Ausgangssituation des *Ödipus*

Tyrannos am Anfang des *Ödipus auf Kolonos* radikal ins Gegenteil verkehrt: Präsentiert der Prolog des *Ödipus Tyrannos* Ödipus als strahlenden König, vor ihm das um Hilfe flehende Volk, hinter ihm das von der Pest getroffene und wehklagende Theben, so sehen wir ihn nun als greisen zerlumpten Bettler, nur von Antigone begleitet, im Hintergrund der heilige Hain der Eumeniden, friedliche Stille und Nachtigallengesang. Der einst von Bittenden Umlagerte, ist selber zum Bittflehenden geworden, der sich am Ende des Prologs mit der Bitte an die Göttinnen wendet, ihn in ihrem Hain sterben zu lassen.

Wird er im *Ödipus Tyrannos* mit jedem Schritt tiefer ins Verderben geführt, so bringt ihn im *Ödipus auf Kolonos* jede Szene diesem Ziel näher. Allerdings wird er im ersten Teil des dreiteiligen Stücks zunächst noch einmal mit seiner Vergangenheit konfrontiert. Vor der Erhöhung zum Heros muß er sich erneut mit den Ereignissen, die im Zentrum des *Ödipus Tyrannos* standen, auseinandersetzen. Wieder geht es nach der Frage des Chors, wer er denn sei (V. 204), um Herkunft, Vatermord und Inzest, und Sophokles bindet den *Ödipus auf Kolonos* nicht nur dadurch, sondern auch – wie bereits im Prolog – durch Parallele und Kontrast eng an das frühere Stück an: Ist Ödipus in den Verhörszenen des *Ödipus Tyrannos* der aktive ‹Richter›, der den Boten aus Korinth eindringlich befragt und den Widerstand des Hirten, der ihn im Kithairon ausgesetzt hat, schließlich bricht, so versucht er sich im *Ödipus auf Kolonos* als ‹Angeklagter› den drängenden Fragen des Chors zu entziehen. Er fühlt sich auch nicht mehr so schuldig wie im *Ödipus Tyrannos*, sondern verteidigt sich energisch gegen jeden Vorwurf einer Schuld.

Denn meine Taten hab ich mehr erlitten als getan,
ich meine, was mit Vater und Mutter geschah;
denn deshalb erschreckt ihr vor mir,
ich weiß es wohl.
Und wieso bin ich ein Verbrecher,
der ich, als man mich schlug, zurückschlug,
so daß ich, hätte ich auch wissentlich gehandelt,
noch lange kein Verbrecher bin.
Nun, unwissend kam ich, wohin ich kam.
Doch die mir Übles taten,
wollten wissend meinen Untergang. (V. 266–74)

Wird im *Ödipus Tyrannos* das Gefühl der schrecklichen Befleckung des Ödipus immer größer, so erzeugt Sophokles im *Ödipus auf Kolonos* immer stärker die Gewißheit seiner Schuldlosigkeit.[22] Am Ende siegen das Mitleid mit dem vom Schicksal Geschlagenen und die Hoffnung, durch die Aufnahme des Bittflehenden dem Lande nicht zu schaden, sondern zu nutzen, über das Grauen, das den Chor beim ersten Anblick des Ödipus erfaßt, und die Furcht, dieser könnte durch das Betreten des heiligen Hains den Zorn der Göttinnen erregt haben.

Würdig bist du, Oidipous, unseres Mitleids,
du und deine beiden Töchter.
Da du dich diesem Land
als Beistand anträgst
in deiner Rede,
will ich dir empfehlen, was dir nützlich ist. (V. 461–63)

Das Opferritual, zu dem der Chor Ödipus im Anschluß an dieses Urteil auffordert, ist nicht nur Sühneopfer für das Betreten des unbetretbaren Hains, sondern darüber hinaus

Symbol für die Reinigung des Befleckten und den neugeschlossenen Frieden des Gottverhaßten mit den Göttern (und mit den Eumeniden). Der erste Teil des Dramas endet mit dem Auftritt des Theseus, dem als Herrscher des Landes die endgültige Entscheidung über die Aufnahme des Bittflehenden obliegt, und einem Lied, das die Schönheit des Landes preist, in dem Ödipus seine letzte Ruhestätte findet.

Der zweite, fast genauso umfangreiche Teil des Stücks besteht aus zwei Szenen, in denen Ödipus die gewonnene Sicherheit und seine Hoffnung auf ein glückliches Ende verteidigen muß. In der ersten begegnet Ödipus noch einmal dem Menschen, den er auf seinem Weg ins Verderben verkannt und ungerecht behandelt hat. Seine Haltung gegenüber Kreon ist dieselbe. Aber dieses Mal ist sein Urteil gerecht. Kreon ist der heuchlerische Schuft, für den er ihn im *Ödipus Tyrannos* gehalten hat. Er will ihn nicht aus Mitleid, wie er erklärt, nach Theben zurückbringen, sondern weil er die Weissagung kennt, daß Ödipus nach seinem Tod als Heros das Land schützen wird, das ihn bestattet.

Auch hier arbeitet Sophokles mit Parallele und Kontrast zum *Ödipus Tyrannos*. Beide Szenen sind Auseinandersetzungen zwischen einem ungerechten, aber mächtigen Angreifer und einem unschuldigen, aber schwachen Angegriffenen, der sich mit einer langen Rechtfertigung seines Lebens verteidigt. Aber die parallele Konstellation hat sich in ihr Gegenteil verkehrt. Der Angreifer ist zum Angegriffenen geworden. In einer parallelen Streitszene zwischen denselben Personen zeigt Sophokles so im *Ödipus Tyrannos* die Verblendung des Königs und im *Ödipus auf Kolonos* die sichere Urteilskraft des blinden Bettlers. Im *Ödipus Tyrannos* treffen Ödipus und Kreon am Ende des Stücks noch einmal zusammen, und auch auf diese Begegnung spielt Sophokles bei der Auseinandersetzung im *Ödipus auf Kolonos* immer wieder an: So ruft Kreons Behauptung, er sei berechtigt, Antigone und Ismene mit sich nach Theben zu nehmen, weil sie «die Seinen» seien (V. 831 f.), den Moment in Erinnerung, als Ödipus ihn zum Vormund seiner Töchter macht (V. 1503–10); ein Rückverweis ist auch Ödipus' Vorwurf (V. 765–67), Kreon habe ihn nicht verbannt, als er es gleich nach der Blendung von ihm verlangt habe (V. 1449–54; 1518), und schließlich ist Ödipus' Verfluchung Kreons, als dieser seine Töchter und ihn selbst mit Gewalt nach Theben zurückbringen will (V. 868–870), eine deutliche Umkehrung des Segenswunsches für seinen Schwager, als dieser ihm auf seinen Wunsch die beiden Töchter bringt (V. 1478 f.).

Der zu Hilfe gerufene Theseus macht Kreons Versuch, Ödipus in seine Hände zu bekommen, ein Ende. Erschien der mythische König von Athen bei seinem ersten Auftritt als Inkarnation der Humanität, so ist er in dieser Szene als idealer Verteidiger der Rechtsstaatlichkeit gezeichnet. Sophokles hat in dieser Figur den Idealen seiner Heimatstadt, die in der Zeit, als er das Stück schrieb, besonders bedroht waren, ein mahnendes Denkmal gesetzt.

In der zweiten Szene des Mittelteils versucht Polyneikes, den Vater für den bevorstehenden Kampf gegen Theben und seinen Bruder auf seine Seite zu ziehen. Wie Kreon glaubt auch er, die von Apollon vorhergesagte dämonische Kraft des Vaters für sich nutzen zu können (V. 1327–32), und wie Kreon trifft auch ihn der ganze Zorn des Ödipus, der nicht vergessen hat, daß Polyneikes ihn vor langen Jahren aus der Stadt vertrieben und sich in der Folge nie um ihn gekümmert hat. Es gibt in der griechischen Tragödie keinen furchtbareren Fluch als die Worte, mit denen Ödipus seinen beiden Söhnen den Tod voraussagt:

Du fahr dahin,
ausgespien und vaterlos gemacht durch mich,
du Verdorbenster aller Verdorbenen,
nimm mit dir die Flüche,
die ich auf dich herabrufe,
du mögest nie die Erde,
die dir angestammte,
mit dem Speer besiegen,
noch je zurückkehren in die Ebene von Argos,
sondern von Bruderhand fallen
und den töten, der dich vertrieb.
So fluche ich und rufe
des Tartaros verhaßtes, uranfängliches Dunkel auf,
daß es dir Heimstatt sei,
rufe hier die Daimonen,
rufe Ares,
der zwischen euch beide den furchtbaren Haß
geworfen hat. (V. 1383–92)

Unmittelbar nach dem Abgang des Polyneikes, den Antigone vergeblich daran zu hindern versucht, gegen Theben zu ziehen und damit in den sicheren Tod zu gehen, beginnt der dritte Teil des Stücks mit Blitzen und Donnerschlägen. Ödipus begreift als einziger sofort, daß dies das Zeichen ist, das sein Ende ankündigt:

Oh ihr Kinder!
Es ist gekommen,
das diesem Mann
von Gott bestimmte Ende,
und es gibt kein Zurück! (V. 1472 f.)

und schreitet, nach letzten Worten an den herbeigerufenen

Theseus, nur von diesem, einem seiner Diener und den beiden Töchtern begleitet, in den Hain der Eumeniden.

Nach einem Lied, in dem der Chor Hades und Persephone bittet, dem Leidgeprüften den Weg in die Unterwelt leichtzumachen, endet das Stück mit einem langen Botenbericht über die Entrückung des Ödipus und den Klagen der beiden Töchter, die schließlich mit der Zustimmung des Theseus nach Theben zurückkehren, um vielleicht den Tod der Brüder noch zu verhindern.

Wie die Prologe hat Sophokles auch die Schlüsse der beiden Ödipus-Dramen durch eine ganze Reihe von Parallelen und Kontrasten deutlich aufeinander bezogen: So verabschiedet sich Ödipus am Ende beider Stücke vom Licht: Hieß es im *Ödipus Tyrannos*: «O Licht, zum letzten Mal möcht' ich dich jetzt erblicken!», so ruft er im *Ödipus auf Kolonos*: «O Licht, das kein Licht ist, einst warst du mein.» Der Abschied vom Sonnenlicht, dem bald darauf die Blendung folgt, ist jetzt ein Abschied von der Blindheit. Der Botenbericht des *Ödipus Tyrannos* schildert, wie Ödipus, von einem Daimon geleitet, rasend in das Schlafgemach stürzt, in dem Iokaste sich erhängt hat, und sich die Nadeln ihres Gewandes in die Augen schlägt. Gleich darauf tritt der Blinde, von Dienern geführt, blutüberströmt auf die Bühne. Umgekehrt zeigt der Botenbericht des *Ödipus auf Kolonos*, wie Ödipus die schmutzigen Lumpen nach einer rituellen Waschung mit einem reinen Gewand vertauscht und ruhig und sicher, ohne einen Führer, nur von einem Gott freundlich gemahnt, seinem Ziel zugeht. Die blinden Augen sehen wieder! Und auch die letzten Bilder, die Sophokles dem Zuschauer von seinem Helden zeigt, gleichen einander: In beiden Stücken verabschiedet sich der blinde Vater von den klagenden Töchtern und richtet an den

Herrscher des Landes die Bitte, sich der Hilflosen anzunehmen. Doch während er im *Ödipus Tyrannos* nach seinen letzten Worten im Palast verschwindet, wo den Verfluchten die Erinyen des Vaters und der Mutter erwarten, wird er im *Ödipus auf Kolonos* als Heros von den Eumeniden in ihren heiligen Hain aufgenommen. Der Schluß des *Ödipus auf Kolonos* bildet aber nicht nur einen deutlichen Kontrast zum Tiefpunkt von Ödipus' Lebenskurve, den er am Ende des *Ödipus Tyrannos* erreicht hat, sondern evoziert auch den Ausgangspunkt: Zu Beginn seiner unglückseligen Wanderung stand der Vatermord am phokischen Dreiweg (V. 716, 733, 1398–1402). Jetzt, so berichtet der Bote, wird Ödipus an einer Stelle, wo sich mehrere Wege gabeln, entrückt (V. 1590 ff.). Er, der sich nach der Selbstblendung als «den Verfluchtesten und auch den Göttern Verhaßtesten unter den Sterblichen» bezeichnet hat (V. 1345 f.), wird am Ende von einem freundlichen Gott gerufen: «Du dort, Ödipus, was zaudern wir, brich auf, zu lang hast du gesäumt.» (V. 1627 f.).

Die Heroisierung des Ödipus im Hain der Eumeniden

Zentrales Thema des *Ödipus auf Kolonos* ist die Wandlung des hilfesuchenden «jämmerlichen Schattenbilds», wie sich Ödipus im Prolog selber nennt, zum mächtigen Heros, der Athen gegen alle Angriffe seiner Feinde schützen wird.

Für den modernen Zuschauer oder Leser des Stücks ist diese Entwicklung nicht so offensichtlich wie für die Zeitgenossen des Sophokles, denen die alte und weitverbreitete Institution der Heroisierung ganz vertraut war. Seit Menschengedenken wurde überall in Griechenland eine ständig wachsende Zahl von bedeutenden Menschen nach ihrem

Tod als Heroen verehrt: die großen Helden der mythischen Zeit ebenso wie bedeutende historische Gestalten (Politiker und Feldherren, Dichter und Philosophen), um nur die beiden wichtigsten Gruppen von Heroen zu nennen. Zentrale Voraussetzung für die Heroisierung war ein Leben mit Taten oder Leiden, Leistungen oder Erlebnissen, die weit über das hinausgehen, was dem normalen Menschen möglich ist bzw. zuteil wird. Dabei mußten Leben und Taten keineswegs vorbildlich oder bewundernswert sein. Heroen sind keine Heiligen, die zur Belohnung für moralische Qualitäten oder ein vorbildliches gottgefälliges Leben kanonisiert werden. Ein Heros wird vielmehr wegen der bewunderten oder erschreckenden Kraft seiner Persönlichkeit und seiner außergewöhnlichen Taten und Leiden gefürchtet und verehrt, und diese über das gewöhnliche Maß hinausgehende Kraft muß keineswegs positiv sein, sie kann auch als wild, bösartig und zerstörerisch empfunden werden. Zu den nach ihrem Tod als Heroen verehrten Gestalten der griechischen Mythologie gehören auch Frevler wie Sisyphos und Tantalos. Kultisch verehrt wurden die Heroen an ihren Gräbern.[23] Dabei ging es darum, sich ihrer Hilfe zu versichern oder ihren Zorn zu vermeiden bzw. zu besänftigen. Denn Heroen verfügen über die Macht zu helfen *und* zu schaden. Sie können schützen, aber auch vernichten.[24]

Eben dies verspricht Ödipus, sobald er verstanden hat, was die Götter mit ihm vorhaben, erst dem Chor der Ältesten von Kolonos und dann immer wieder Theseus.[25] Als Schutz- und Fluchgeist wird er Athen jetzt und in der Zukunft gegen alle Angriffe beschützen, und etwas von dieser seiner späteren Kraft und Macht als Heros wird schon in der Begegnung mit seinem Sohn Polyneikes spürbar, der den Vater im Kampf um den Thron in Theben auf seine Seite ziehen will. Die Verfluchung beider Söhne, deren erbarmungslose Härte Sophokles noch dadurch betont, daß er Antigone mahnend daran erinnern läßt, daß ein Vater auch die schlimmsten Taten eines Sohnes nicht mit Schlimmem vergelten dürfe, hat viele Zuschauer und Interpreten des Stücks irritiert, ja abgestoßen. Die Szene dient einmal dazu zu zeigen, daß Ödipus durch die langen Jahre als Bettler nicht etwa geläutert ist, sondern noch dieselbe «dämonische Constitution» und dieselbe «düstere Heftigkeit» (Goethe[26]) besitzt wie im *König Ödipus*; vor allem aber läßt Sophokles ihn an dieser Stelle, schon vor der Heroisierung, mit der Autorität des Heros sprechen. Der Dichter hat das auch dadurch deutlich gemacht, daß das Unwetter, das mit Donner und Blitz Tod und Heroisierung ankündigt, unmittelbar an die Polyneikes-Szene anschließt.

Zu der paradoxen doppelten Macht des Heros Ödipus, helfend zu schützen und fluchend zu vernichten, paßt auch, daß er im Hain der Eumeniden stirbt. Denn auch diese vermögen freundlich zu helfen und furchtbar zu strafen. Ihre Doppelgesichtigkeit, die Aischylos am Ende seiner *Orestie* so großartig thematisiert hat,[27] offenbart sich in den beiden Namen, die sie tragen: Eumeniden (die Wohlmeinenden) *und* Erinyen. Auch wenn sie im *Ödipus auf Kolonos* nicht explizit als Erinyen bezeichnet werden,[28] ist ihre dunkle Seite als Rache- und Fluchgeister gleich im Prolog präsent, wenn sie als «grause, furchtbare Göttinnen, Töchter der Gaia, der Mutter Erde, und des Skotos, des Dunkels der Nacht» (V. 39 f.) und als «furchtbar blickende Gebieterinnen» (V. 84) angeredet werden. Am Anfang nehmen sie den blinden Bettler in ihren Hain auf; am Ende öffnet sich die Erde für den Heros, und er wird eine chthonische Macht wie die Erinyen/Eumeniden.

Die Heroisierung darf zwar nicht, wie oft geschehen, als «Apotheose», «Verklärung» oder «Erlösung» mißverstanden werden, aber der Zuschauer wird das Ende des Ödipus, der von einer göttlichen Stimme gerufen ruhig in den Tod geht, als verdienten und befriedigenden Ausgleich für sein furchtbares Schicksal empfinden.

Der *Ödipus auf Kolonos* ist oft mit den *Eumeniden* des Aischylos verglichen worden. So wie Orest am Ende der *Orestie* in Athen Freispruch und Frieden findet und die Erinyen als Eumeniden gerade dadurch zum Segen für Athen werden können, daß sie ihre alte Strafgewalt und den von ihr ausgehenden Schrecken bewahren, so wird auch Ödipus in Athen gleichsam freigesprochen und mit einem Heroenkult geehrt, der Athen gegen seine Feinde schützt.[29] Doch der vergleichende Blick läßt auch den Unterschied deutlich werden. Die *Orestie* endet mit der feierlichen Etablierung des Kults; im *Ödipus auf Kolonos* folgt auf Ödipus' Versöhnung mit den chthonischen und himmlischen Mächten noch eine Szene, in der das tragische Schicksal der Labdakiden erneut hereinbricht in die nur für einen Moment so friedliche Welt. Das Stück endet keineswegs mit dem «Gefühl einer sanften, mehr wehmütigen als schmerzhaften Rührung» (Fr. Schlegel[30]) oder «in verklärter Heiterkeit» (Solger[31]), sondern nach den Klagen der beiden Töchter über den Verlust des Vaters und die eigene Not mit Antigones Bitte, nach Theben zurückkehren zu dürfen, um den tödlichen Zweikampf zwischen Eteokles und Polyneikes noch zu verhindern. Der tragische Schlußakkord, mit dem der *Ödipus auf Kolonos* endet, ist unüberhörbar. Nimmt man hinzu, daß im ersten Teil des Stücks und in der Kreon-Szene Ödipus' schreckliche Taten und Leiden immer wieder in den Blick kommen, so wird deutlich, daß das auf den ersten Blick überraschende Lied, das der Chor vor dem Auftritt des Polyneikes anstimmt (V. 1211–48), durchaus auch in einem Stück Sinn macht, das nach modernen Kriterien eher ein Mysterienspiel als eine Tragödie ist:

Nicht geboren zu sein
übersteigt alles, was Wert hat.
Trat aber einer ins Licht,
so ist die Rückkehr
dahin, woher er kam,
gewiß das zweitbeste –
und zwar so schnell es geht. (V. 1224–27)

Die Übersetzung

Wie auch bei der Arbeit an der Übersetzung der *Orestie* hat Peter Stein für seine Übersetzung des *Ödipus auf Kolonos* nicht nur fremde Übersetzungen zur Hand genommen, sondern auch wichtige Kommentare konsultiert und textkritische und interpretatorische Diskussionen studiert.

Anders als im Falle der *Orestie* ist diese Arbeit aber nicht explizit in den Text eingegangen. Das auffälligste Stilmittel der Übersetzung der aischyleischen Trilogie sind die zahlreichen Doppel- und Dreifachfassungen eines Worts oder einer Wendung bzw. eines Gedankens, mit deren Hilfe Stein sich nach seinen eigenen Worten bemüht hat, «so genau wie möglich den Wortsinn des überlieferten Textes zu umschreiben» und «widersprüchliche Meinungen der Forschung nebeneinander zu verarbeiten».[32] Daß diese Technik sich in der Übersetzung des *Ödipus auf Kolonos* nur in Ansätzen findet, dürfte der Tatsache geschuldet sein, daß der sophokleische Text nicht nur wesentlich besser überliefert, sondern auch deutlich weniger komplex und dunkel ist als die *Orestie*[33]. Immerhin gibt es auch hier vereinzelt Stellen, an denen ein einzelnes Wort durch mehrere Synonyme wiedergegeben ist: So z. B. in V. 542, wo der Chor Ödipus, bevor er ihn fragt, ob er tatsächlich seinen Vater erschlagen habe, als «Unseliger, Bejammernswerter, Elender!» anredet, während Sophokles nur einen einzigen Vokativ verwendet; oder in V. 842, wo wieder der Chor, als Kreon seinen Männern befiehlt, Antigone wegzuschleppen, seine Landsleute mit dem Schrei «Kommt herbei! Die Stadt wird verletzt, / sie wird bedroht, vergewaltigt!» zu Hilfe ruft. Auch hier steht bei Sophokles nur ein Verbum.

Daß es in beiden Fällen der Chor ist, der so spricht, ist kein Zufall. Wie in der drei Jahrzehnte früheren Inszenierung der *Orestie* löst Stein auch bei der Inszenierung des *Ödipus auf Kolonos* den Chor immer wieder in Einzelstimmen auf. Die Dreifachfassungen dienen durchweg nicht dem Ziel, verschiedene Nuancen oder unterschiedliche Interpretationen eines griechischen Wortes oder auch verschiedene Lesarten in den Text zu integrieren, sondern sind der Mehrstimmigkeit des Chors geschuldet (vgl. auch V. 1114 und V. 1582).

Ansonsten sind die Eingriffe in den sophokleischen Text sehr gering. Eine Ausnahme bilden lediglich die Zusätze zu Namen oder Begriffen, die dem modernen Zuschauer bzw. Leser das Verständnis des Textes erleichtern sollen. Eine kleine Liste von Beispielen (Zusätze kursiv) mag diese Technik verdeutlichen:

Zeus Alexetor, / *rettender Zeus*
die unterirdische Göttin, *Persephone*,

Nemesis, *der göttliche Zorn*, droht
Ist das nicht Hybris? / *Das ist Übermut, Frevelmut!*
Wer im apischen Land, / *der Peloponnes*

Besonders ausgeprägt ist das Verfahren in der ersten Strophe des Chorlieds, mit dem der Chor Theseus' Versuch, Kreon die beiden entführten Mädchen wieder zu entreißen, überbrückt.

Wäre ich doch,
wo die feindlichen Männer
bald sich wenden
und dem erztönenden Ares,
dem Kampfgetümmel,
sich stellen müssen –
sei es am Pythischen,
sei es am Fackelgestade –
entweder beim Tempel des Pythischen Apoll
oder dort,
wo bei Fackelschein
der Suche Demeters nach Persephone
gedacht wird –,
wo die Potniai,
die beiden großen Göttinnen,
ehrwürdig walten ihrer Weihen –
für jene Sterblichen,
denen der goldene Schlüssel
auf die Zunge gelegt ist,
als *Schweigegebot*
von den Priestern aus des Eumolpos' Geschlecht –
des Gründers der Mysterien von Eleusis. (V. 1044–53)

Gelegentlich wird auch einmal eine nicht auf den ersten Blick deutliche Formulierung erläutert («‹einen Mann›, dessen Heirat sich erwies / als unheilige Verbindung / *zwischen Mutter und Sohn*») oder ein Satz als integrierte Regiebemerkung eingefügt. So heißt es, als Antigone am Ende von Ödipus' erstem Gespräch mit dem Chor ihre Schwester Ismene näherkommen sieht: «Oh Zeus, *was sehe ich!* / Was sage ich? / Wo geht mein Denken hin, Vater!»

Wie im Fall der *Orestie* hat Stein auch für seine Übersetzung des *Ödipus auf Kolonos* die auch noch von Schadewaldt verwendete traditionelle Form der Übersetzung der jambischen Sprechverse der griechischen Tragödie in fünf oder sechshebige Jamben aufgegeben. Es gibt zwar immer wieder kleinste und kleinere Stellen, die leicht jambisch rhythmisiert sind, im ganzen hat Stein die bunte metrische Vielfalt der Vorlage aber in eine syntaktisch einfache und sprachlich immer klare Prosa übertragen. Die rhythmischen Wechsel zwischen Sprechversen, Chorliedern und den zahlreichen dialogischen Sprechgesängen zwischen Chor und Schauspielern, den sogenannten Kommoi, sind so in der Aufführung nicht hörbar und für den Leser der Übersetzung nicht sichtbar. Die vielen Versuche früherer Übersetzungen, die verlorene Musik und Choreographie der lyrischen Partien durch die verschiedensten Formen von Gesang und Tanz ‹nachzubilden›, haben sich in den allerseltensten Fällen als gelungen erwiesen,[34] und Stein hat mit gutem Grund bei seinen Inszenierungen immer darauf verzichtet. Sein Ideal ist eine klare und zeitgemäße, genaue und vollständige Wiedergabe des antiken Textes, deren oberstes Ziel die Verständlichkeit ist.

In der formalen Präsentation des Textes orientiert sich Stein, wie bei der *Orestie*, nicht an den Versen des Originals. Er gliedert seinen Text vielmehr in oft nur aus wenigen Wörtern, ja Einzelwörtern bestehende Kola. Was vielleicht zunächst als erste Hilfe für die Schauspieler gedacht war, erweist sich auch für den Leser als hilfreich. Der Sprechduktus der Inszenierung wird so hörbar. Die ersten Verse des Stücks können – neben den bereits zitierten Passagen – als Beispiel dienen:

> Antigone,
> in welche Gegend
> führst du deinen alten, blinden Vater,
> zu welchen Menschen, welcher Stadt?
> Wer gibt dem Oidipous, dem Vagabunden,
> heute das karge Almosen?
> Wenig erbitte ich,
> noch weniger erhalte ich
> und doch ist's mir genug.
> Denn dulden lehren mich die Leiden,
> mein langes Leben
> und mein angeborener Stolz
> als drittes. (V. 1–8)

Zwei Prinzipien lassen sich erkennen, die die ganze Übersetzung bestimmen: Zum einen löst Stein sehr häufig komplexe syntaktische Strukturen dadurch auf, daß er Nebensätze und Partizipialkonstruktionen in knappe parataktische Hauptsätze umsetzt; zum anderen versucht er, «so weit wie möglich die Reihenfolge der sinntragenden Worte des überlieferten Textes beizubehalten, um die Dynamik des Auftauchens und Einanderablösens der altgriechischen Sprachelemente spürbar zu machen und den Bau der Bilder und Argumentationsketten anzudeuten.»[35] Diese Form der Übersetzung basiert auf Wolfgang Schadewaldts Theorie der Übersetzung, die Stein ausdrücklich als «vorbildlich» bezeichnet hat, und Stein geht noch einen Schritt weiter als Schadewaldt, indem er, um dem formulierten Ziel ganz nahe zu kommen, immer wieder die syntaktische Struktur des Originals völlig aufgibt.

Die Übersetzung hat sich nicht nur in der Inszenierung des Stücks bewährt, sie liest sich, im Gegensatz zu vielen anderen Übersetzungen, auch gut und wird so hoffentlich dazu beitragen, daß das selten aufgeführte Stück einem größeren Kreis von Menschen, die sich für das Theater und die griechische Tragödie interessieren, bekannt wird, als das bisher der Fall ist.

Anmerkungen

1 Die Angabe des Jahres durch zwei durch einen Schrägstrich getrennte Jahre trägt der Tatsache Rechnung, daß das athenische Jahr nicht am 1.1., sondern im Juli (mit dem ersten Neumond nach der Sommersonnenwende) begann.

2 Zum Proagon des größten der drei jährlichen Feste, an denen es Theateraufführungen gab, s. u. S. 150.

3 Unter der Bezeichnung perikleisches Bauprogamm werden die Bauten zusammengefaßt, die um die Mitte des 5. Jahrhunderts unter seiner Ägide auf der Akropolis und in der Stadt errichtet wurden: der Parthenon und die Propyläen, das Odeion im Dionysostheater, die Langen Mauern zwischen Athen und seinem Hafen Piräus und der Neubau des Mysterientempels in Eleusis.

4 Der Titel des Stücks – *Ödipus auf Kolonos* und nicht *Ödipus in Kolonos* – ergibt sich daraus, daß der Schauplatz der Entrückung des Ödipus nicht die Ortschaft Kolonos ist, sondern der dem Poseidon heilige Hügel Kolonos Hippios, der inmitten der Ortschaft lag.

5 Seine erste Teilnahme am tragischen Wettbewerb der Dionysien mit eigenen Stücken ist für das Jahr 396 bezeugt. – Warum nicht der Sohn Iophon, der auch Tragödien geschrieben hat, diese Aufgabe übernommen hat, wissen wir nicht; die späten Zeugnisse für einen angeblichen Streit zwischen Vater und Sohn sind so anekdotisch, daß sie kein Vertrauen genießen können.

6 Es ist nicht ausgeschlossen, daß der Enkel für seine Inszenierung in die Texte des Großvaters eingegriffen hat. So spricht z. B. einiges dafür, daß er für die Ismene-Szene (V. 310–548) des *Ödipus auf Kolonos* verantwortlich ist.

7 V. 1703–9; die Echtheit dieser Verse ist allerdings nicht unumstritten.

8 Sophokles hat manches von seinem Konkurrenten übernommen (z. B. ist schon in den *Phoinissen* Polyneikes der ältere und bessere der beiden Söhne des Ödipus, und auch dort ist Ödipus noch am Leben, als der Streit zwischen den Brüdern ausbricht), aber auch manches ‹zurückgenommen› (so hat sich bei ihm

Iokaste wie immer in der traditionellen Form des Mythos gleich nach der Aufdeckung des Inzests erhängt, während sie in den *Phoinissen* am Leben bleibt und versucht, den tödlichen Streit der beiden Söhne zu verhindern; und Sophokles präsentiert einen völlig anderen Ödipus).

9 So schon Herder, der in den *Adrasteia* schreibt: «Da erschien sein (sc. Ödipus') Schatte dem bejahrten Sophokles und sprach: ‹Bring mich zur Ruhe! Die Fabel meines Schicksals ist nicht beendet.›» (Ges. Werke in 10 Bänden, Bd. 10, S. 353)

10 Vielleicht spielt Sophokles mit den Versen sogar auf ein bestimmtes Ereignis an: 407 hatten die Athener bei Kolonos einen Sieg über die thebanische Reiterei errungen; und natürlich werden die Zuschauer, wenn Ödipus Theseus vor möglichen Angriffen Thebens warnt (V. 616–23) oder davon spricht, daß sein Leichnam Athen vor Theben und anderen Feinden schützen werde (z. B. V 1522–34), an den langen Krieg gegen Sparta und seine Verbündeten, zu denen auch Theben gehörte, gedacht haben.

11 Das thebanische Königsgeschlecht der Labdakiden ist nach Labdakos, dem Vater des Laios und Großvater des Ödipus, benannt.

12 Da die Götter den Inzest, wie es in der *Odyssee* heißt, «alsbald ruchbar machen», können die Kinder nicht von Iokaste stammen, die sich sofort erhängt.

13 Sophokles, der zum Zeitpunkt der Aufführung im Jahre 467 dreißig Jahre alt war, hat die Tetralogie des Rivalen, den er im Jahr zuvor besiegt hatte, sicher gesehen. Da nach einem Beschluß der Volksversammlung Aischylos' Stücke im Rahmen des dramatischen Wettbewerbs an den Dionysien wiederaufgeführt werden durften, ist es nicht ausgeschlossen, daß das auch für die Zuschauer des *Ödipus auf Kolonos* gilt. Bezeugt ist eine Wiederaufführung der thebanischen Tetralogie des Aischylos allerdings nicht.

14 Da es keine Zeugnisse für ein Heroon oder für einen Hain der Eumeniden in Kolonos gibt, die nicht auch als vom *Ödipus auf Kolonos* abhängig betrachtet werden können, läßt sich die Möglichkeit, daß Sophokles die Heroisierung des Ödipus erfunden hat, nicht völlig ausschließen.

15 Der *Ödipus Tyrannos* ist nicht sicher datiert. Es spricht aber man-

ches dafür, daß er in die späten dreißiger Jahre des 5. Jahrhunderts gehört.

16 Wenn die Vermutung richtig ist, daß der *Ödipus auf Kolonos* im Jahre 401, zusammen mit dem *Ödipus Tyrannos* und der *Antigone* (s. dazu o. S. 147), aufgeführt worden ist, sogar alle!

17 In der ersten der vier erhaltenen antiken Einleitungen zum *Ödipus auf Kolonos* heißt es zu Beginn: «Der *Ödipus auf Kolonos* ist in gewisser Weise mit dem *Tyrannus* verknüpft.»

18 Es gibt zwar vereinzelte Zeugnisse, daß man zu dieser Zeit bereits Abschriften von Theaterstücken kaufen konnte. Die allermeisten der Zuschauer werden den *Ödipus Tyrannos* aber nur gesehen und nicht auch (oder nur) gelesen haben. Sophokles konnte aber natürlich sein Manuskript wieder zur Hand nehmen.

19 Die folgenden Überlegungen zu den intertextuellen Verbindungen zwischen den beiden Ödipus-Tragödien basieren auf meiner Studie *Beziehungen zwischen den beiden Oidipusdramen des Sophokles* (s. Literaturverzeichnis).

20 Sophokles hat die Einheit der beiden Stücke auch dadurch betont, daß er das Orakel, das der junge Ödipus einst in Delphi erhalten hat und das die Ereignisse des Königs Ödipus lenkt, um eine Prophezeiung erweitert hat, die dem *Ödipus auf Kolonos* Richtung und Ziel gibt. Als Ödipus im Prolog des Stücks darüber aufgeklärt wird, wo er sich befindet, erinnert er sich daran, daß Apollon ihm, als er das Orakel nach seinen Eltern befragte, nicht nur Vatermord und Inzest vorhergesagt, sondern auch eine letzte Ruhestätte im Hain der Eumeniden versprochen hat (V. 84–93).

21 Der *Ödipus auf Kolonos* beantwortet die offengebliebene Frage. Ödipus wirft Kreon vor: «Denn früher, als ich an meines Hauses Übeln krankte, so daß es mir eine Lust schien, verstoßen zu werden aus dem Land, da wolltest du sie dem, der sie wollte, nicht gewähren, diese Gunst. Doch als dann schon gesättigt war mein Zorn, und mir zu Haus zu leben süß erschien, da stießest du mich fort, warfst mich hinaus, ...» (V. 765–70).

22 Vgl auch V. 521–23 und 538–48 sowie in der Kreon-Szene die V. 960–99, deren Fazit lautet: «Nein, nicht wegen dieser Hoch-

zeit kann man mich schuldig sprechen, noch wegen dem, was du dauernd vorbringst, dem Mord an meinem Vater» (V 988–90). Auch wenn Ödipus immer wieder betont, daß er «vor dem Gesetz rein» ist, weil er «unwissend» den Vater erschlagen und die Mutter geheiratet hat, wird er weiter von dem Gefühl gequält, durch das, was geschehen ist, «befleckt» zu sein (V. 1130–35). Ödipus ist – daran läßt Sophokles in beiden Stücken keinen Zweifel – subjektiv unschuldig, objektiv jedoch schuldig; er hat, wenn auch ohne es zu wissen, objektiv furchtbare Taten vollbracht, unter denen er leidet und für die er zu haften hat. Im *König Ödipus* liegt die Betonung auf den objektiven Verfehlungen, im *Ödipus auf Kolonos* auf der subjektiven Schuldlosigkeit des Ödipus.

23 Nicht selten gab es auch mehrere Gräber eines Heroen; so sind auch für Ödipus Gräber am Areopag in Athen, in Eteonos (im Grenzgebiet zwischen Böotien und Attika) und in Sparta bezeugt.

24 Das gilt auch und besonders in kriegerischen Auseinandersetzungen. So hatten Heroen nach der Vorstellung der Griechen in den entscheidenden Schlachten gegen die Perser bei Marathon und Salamis großen Anteil an den griechischen Siegen.

25 S. die Verse: 72, 93, 288, 389–402, 460, 576 ff., 627, 635, 647, 787 f., 1489 f., 1508 f., 1518–55, 1760 f.

26 J. W. von Goethe, Nachlese zu Aristoteles, Jub. 38,83, 10–22.

27 In der *Orestie* sind sie nur im Titel als Eumeniden bezeichnet.

28 In den Versen 1010 f. und 1389 ist von Ödipus' Erinyen die Rede.

29 Es ist in diesem Zusammenhang interessant, daß auch Orest, ganz wie Ödipus, verspricht, als Heros segensreich für Athen zu wirken: «Ich selber werde aus dem Grabe jenen, die diesen meinen Eid überschreiten, ein auswegloses Mißgeschick bewirken, sie auf dem Pfad entmutigen und ihren Weg mit schlimmen Vorzeichen säumen, so daß ihre Mühe sie gereut.» (V. 767–771).

30 Friedrich Schlegel, Geschichte der alten und neuen Literatur, Kritische Schriften und Briefe, VI 283.

31 Karl Wilhelm Ferdinand Solger, Nachgelassene Schriften und Briefwechsel, II 470.

32 P. Stein, Anmerkungen zur Übersetzung, Textausgabe zur Aufführung der Schaubühne, S. 2

33 Das gilt im besonderen für die Chorpartien, die im *Ödipus auf Kolonos* eine weit geringere Rolle spielen als in der *Orestie*. Es sind ja besonders die Chorlieder der *Orestie*, in denen Stein mit Doppel- und Dreifachfassungen arbeitet.

34 Die Inszenierung der *Orestie* von Ariane Mnouchkine (1990/93) ist die berühmteste der wenigen Ausnahmen.

35 P. Stein, Anmerkungen zur Übersetzung, Textausgabe zur Aufführung der Schaubühne, S. 2.

ESSAY

Ödipus auf Kolonos: Drama und Rezeption

von Hellmut Flashar

Ödipus auf Kolonos ist die letzte Tragödie des Sophokles, die aber erst nach seinem Tode (406) im Jahre 401 im Dionysostheater zu Athen aufgeführt werden konnte. Der Ort Kolonos, etwas außerhalb der Stadtmauern Athens, war ein Ort von starker Symbolkraft. Hier war Sophokles geboren, hier gab es auf einem Hügel (daher «*auf* Kolonos») das Heiligtum der Eumeniden.

In dieses Heiligtum drang der alte und blinde Ödipus ein, nachdem er seine Heimatstadt Theben verlassen mußte, als er sich geblendet hatte, da er erkannte, daß er seinen Vater getötet und seine Mutter geheiratet hatte. Er ist, geleitet von Antigone, ein Schutzsuchender, der nach der Abwehr von Bedrohungen durch Kreon, den Herrscher von Theben, und seinen eigenen Sohn Polyneikes durch den attischen König Schutz und Aufnahme findet. Aber Donnerschläge des Zeus rufen ihn zu seinem letzten Gang, Todesahnungen werden zur Gewißheit. Er nimmt Abschied von seinen Töchtern Antigone und Ismene, ein Felsspalt öffnet sich, die Götter nehmen ihn zu sich.

Als Sophokles im Alter von fast neunzig Jahren diese singuläre Tragödie dichtete, hat er wohl auch an sich selbst gedacht.

Denn in der Mitte der Tragödie steht das ergreifende Chorlied von den Plagen des Alters, gefolgt vom Tod, der «brautlos, ohne Leier, ohne Reigentanz» erscheint. Für Ödipus aber stehen am Schluß Versöhnung und Verklärung.

Die Tragödie *Ödipus auf Kolonos* ist von einer starken Musikalität geprägt. Am stärksten ist das spürbar in dem Chorlied, in dem das attische Land gepriesen wird, wo die Alten von Kolonos, die den Chor bilden, dem blinden Ödipus die Herrlichkeit des attischen Landes zu Gehör bringen, mit dem Schluchzen der hellstimmigen Nachtigall, mit den grünen Tälern, in denen der Efeu wächst, mit nie versiegenden Brunnen, mit fruchttreibenden Wassern. Als Sophokles dieses Chorlied dichtete, war Kolonos ein Ort der Sehnsucht, für die Athener nicht erreichbar, weil die Menschen in der Polis in der Schlußphase des Peloponnesischen Krieges innerhalb der Stadtmauern eingeschlossen waren. Diese Spannung war bei der Aufführung im Jahre 401 nicht mehr gegeben, denn der Krieg war vorbei, Kolonos wieder frei zugänglich.

Diese und die anderen Chorlieder sind wirklich gesungen worden, aber die Musik ist unwiederbringlich verloren. Da ist es wohl kein Zufall, daß die Rezeption dieser Tragödie stark geprägt ist von modernen musikalischen Gestaltungen, auch in der Form der Oper, mit stark verändertem Libretto, so zuerst durch André-Ernest-Modeste Grétry (1786), dann, noch im gleichen Jahr, durch Antonio Sacchini mit ungeheurem Erfolg. Die Uraufführung fand im Hoftheater zu Versailles vor Marie Antoinette und dem ganzen Königshof statt; es folgten 583 Aufführungen allein in Paris, dazu Aufführungen in Wien, Berlin und München. Ein Jahrhundert später (1845) hat Gioachino Rossini die Chöre des *Ödipus auf Kolonos* für Liebhaberaufführungen in Italien vertont, wo man dann doch den Komponisten des *Barbier von Sevilla* durchhört. Im gleichen Jahr hat Felix Mendelssohn Bartholdy diese Tragödie musikalisch gestaltet, und aus neuerer Zeit (1936) ist die Oper *Oedipe* von George Enescu zu erwähnen, die den ganzen Ödipus-Mythos enthält, während Wolfgang Rihm nur das Chorlied vom Preis der attischen Landschaft vertont hat, weil dies das einzige Chorlied ist, das Hölderlin übersetzt hat, der zuvor die beiden Tragödien *Antigonae* und *Oedipus der Tyrann* (so seine beiden Titel) ganz übersetzt hatte. Rihm hat allerdings den Chor aufgelöst und präsentiert dessen Text durch einen Countertenor, begleitet vom Orchester. Bei der Uraufführung in einem Konzert in Bad Wildungen im Jahre 2008 stand auch die Musik zum *Ödipus auf Kolonos* von Rossini auf dem Programm. Vorangegangen war die Oper *Oedipus* von Rihm, uraufgeführt am 4. Oktober 1987 an der Deutschen Oper Berlin. Die Textgrundlage bildet auch für diese Oper die Übersetzung Hölderlins, angereichert durch Texte von Nietzsche und Heiner Müller. Rihms Oper enthält den ganzen Ödipus-Mythos. Am Schluß tritt Ödipus (so in der Inszenierung von Götz Friedrich) mit Stock und Sonnenbrille auf. Er stirbt nicht und nie, sondern lebt mit uns und in uns.

Sehr eindrucksvoll ist das Soul-Gospel-Musical *The Gospel at Colonus* von Lee Breuer mit der Musik von Bob Telson, das 1988 am New Yorker Broadway gezeigt wurde (mit anschließenden Gastspielen in Europa). Es hält sich strikt an den Handlungsverlauf der sophokleischen Tragödie, jedoch versetzt in die Situation eines Gottesdienstes. Der schwarze Geistliche sagt: «I take as my text this evening the book of Oedipus», so als schlüge er ein Buch aus der Bibel auf. Dann wird der *Ödipus auf Kolonos* gespielt, doch wird überraschend am Ende des ersten Aktes das berühmte Chorlied

«Ungeheuer ist viel, doch nichts ungeheurer als der Mensch» aus der *Antigone* eingefügt. Dabei werden die Worte «Numberless are the world's wonders, but none more than man» mehrfach wiederholt, und die leidenschaftliche Inbrunst, mit der der Text teils gesungen, teils gesprochen wird, läßt erkennen, wie diese Menschen in Überwindung der Diskriminierung aus der Tradition des spirituellen Kirchengesangs um ihre Menschenwürde ringen und dabei in befreiender Selbstfindung die Geschichte des Ödipus in einer Resakralisierung zu einer Zeremonie der Versöhnung werden lassen. Am Schluß steht eine rituelle Totenfeier für Ödipus.

Aber auch unabhängig von musikalischen Gestaltungen hat die Tragödie *Ödipus auf Kolonos* literarische und dabei natürlich ganz freie Gestaltungen ausgelöst. Im Jahre 1990 erschien der Roman *Œdipe sur la route* von Henry Bauchau (deutsche Übersetzung: *Ödipus unterwegs* von Anne Neuschäfer, 1995), in dem die Jahre zwischen der Blendung und der Ankunft in Kolonos ausgefüllt werden, über die es keine antike Überlieferung gibt. In mehreren Etappen werden Abenteuer und Erlebnisse des Ödipus geschildert, der seinerseits ein pestkrankes Dorf von der Seuche befreit, bis er am Ende seiner Reise in Kolonos Versöhnung und Läuterung erfährt. Ganz beibehalten wird die Handlung der sophokleischen Tragödie in dem Roman *Oedipus at Colonus* des indonesischen Dichters, Übersetzers und Regisseurs W. S. Rendra, nur ist Ödipus in seinem Werk (1983) ein javanischer Mönch geworden und damit in die außereuropäische Kultur transponiert.

Der *Ödipus auf Kolonos* hat in textgetreuer, unbearbeiteter Form den Weg auf die Bühne erst relativ spät gefunden, wie überhaupt die griechische Tragödie auf dem europäischen Theater erst im 19. Jahrhundert heimisch geworden ist. Ein Grund dafür ist, daß in der damals maßgebenden Theatersituation Frankreichs der *König Ödipus* ganz im Vordergrund stand. Das hängt wiederum mit der *Poetik* des Aristoteles zusammen, in der der *König Ödipus* die Mustertragödie ist, die der aristotelischen Regelpoetik vollkommen entspricht, die in die französischen poetologischen Traktate Eingang gefunden hat. Der *Ödipus auf Kolonos* wird von Aristoteles mit keinem Wort erwähnt. Aber in der *Nachlese zu Aristoteles' Poetik* von Goethe (1827) heißt es, paradoxerweise in Anknüpfung an den für aristotelische *Poetik* zentralen Begriff der Katharsis (Reinigung, sc. von den Affekten): «Es gibt wohl keine höhere Katharsis als der Ödipus von Colonus, wo ein halbschuldiger Verbrecher, ein Mann, der durch daemonische Constitution, durch eine düstere Heftigkeit seines Daseins, gerade bei der Großheit seines Charakters, durch immerfort übereilte Thatausübung den ewig unerforschlichen, unbegreiflich folgerechten Gewalten in die Hände rennt, sich selbst und die Seinigen in das tiefste, unherstellbare Elend stürzt und doch zuletzt noch aussöhnend ausgesöhnt und zum Verwandten der Götter, als segnender Schutzgeist eines Landes eines eigenen Opferdienstes werth, erhoben wird». In dem von Goethe maßgeblich gestalteten Hoftheater zu Weimar sind weder der *König Ödipus* noch der *Ödipus auf Kolonos* aufgeführt worden, wohl aber die *Antigone*.

So war es erst den kulturpolitischen Aktivitäten des preußischen Königs Friedrich Wilhelm IV. zu verdanken, daß eine griechische Tragödie in einer textgetreuen Übersetzung auf eine europäische Bühne gelangte. Der König wollte in einer Art Theaterreform sich von der französischen Tradition distanzieren und alles so historisch getreu wie möglich auf die Bühne bringen. So wurde die Bühne des Hoftheaters im Neuen Palais in Potsdam umgebaut, der Vorhang beseitigt und als erstes Stück war die *Antigone* vorgesehen. Entsprechend sollte eine ganz textgetreue Übersetzung zugrunde gelegt werden. Man fand sie – mit philologischer Beratung – bei Johann Christian Donner (Schulprofessor am Gymnasium in Ellwangen), der in wenigen Jahren alle erhaltenen griechischen Tragödien im Versmaß des Originals übersetzt hat, also so, daß jeweils einer Silbe des griechischen Originals eine Silbe in der Übersetzung entspricht. Dieses Verfahren hatte Wilhelm von Humboldt in seiner Übersetzung des *Agamemnon* (1809) eingeführt und damit begründet, daß so am ehesten der Geist des Originals in der Übersetzung spürbar werde.

Da die griechische Tragödie ursprünglich mit Musik verbunden war, sollte dies auch jetzt der Fall sein. Man gewann dafür Felix Mendelssohn Bartholdy, der vor einer schwierigen Aufgabe stand. Er durfte, anders als ein Opernkomponist, kein Wort ändern und mußte seine Übersetzung streng Silbe für Silbe vertonen, aber nur die Teile, die auch ursprünglich mit Musik verbunden waren, also nicht die Monologe und Dialoge, sondern vor allem die Chöre und die sogenannten epirrhematischen Szenen, in denen ein Schauspieler spricht und der Chor (oder der Chorführer) singend antwortet, wobei Mendelssohn den gesprochenen Worten eine melodramatische Begleitung unterlegt hat. Auf diese Weise ist zuerst (am 28. Oktober 1841) die *Antigone* aufgeführt worden, und zwar mit ungeheurem Erfolg. Es folgten Aufführungen in vielen Städten Deutschlands, ja sogar in Paris, London und New York. Als dann vier Jahre später der *Ödipus in Kolonos* (*in Kolonos*, so in der Übersetzung Donners zur Bezeichnung des ganzen Bezirks, nicht nur des Hügels) nach dem gleichen System und weitgehend mit den gleichen Mitwirkenden am 1. November 1845 auf der Bühne des Potsdamer Hoftheaters zuerst aufgeführt wurde, hatten sich die Verhältnisse geändert. Das Interesse des Königs war fast ganz erlahmt und Mendelssohn hatte sich weitgehend von seinen Berliner Verpflichtungen gelöst. Und doch steht seine musikalische Gestaltung hinter der zur *Antigone* nicht zurück. Mendelssohn hatte seiner ganzen Natur nach eigentlich keine Affinität zum Tragischen. Gerade deshalb gelang ihm die Vertonung des von bukolischen Farben durchzogenen Chorliedes von der Schönheit der attischen Landschaft besonders überzeugend und dann der Schluß der Tragödie mit dem Gedanken der Versöhnung, der tief im Wesen Mendelssohns verankert war. Die Versöhnung der Generationen und vor allem der Konfessionen war ihm wichtig. Und so kann man wohl an der musikalischen Gestaltung dieser Tragödie am Schluß erkennen, daß Mendelssohn es gewesen ist, der zum ersten Mal nach Bach dessen Matthäuspassion in einer öffentlichen Aufführung geleitet hat. Doch die weitere Rezeption der Musik zum *Ödipus auf Kolonos* und dieser Tragödie überhaupt stand hinter der der *Antigone* zurück.

Und auch auf dem Theater des 20. und des beginnenden 21. Jahrhunderts werden sehr viel häufiger *Antigone* und auch *König Ödipus* aufgeführt. Es gibt einige achtbare Inszenierungen bedeutender Regisseure (Hansgünther Heyme, Götz Friedrich, Klaus Michael Grüber, Hasko Weber, Jossi Wieler) des *Ödipus auf Kolonos*, gelegentlich in Verbindung mit dem *König Ödipus* an einem Abend. Um so größer war die Spannung, mit der man die Inszenierung dieser Tragödie durch Peter Stein bei den Salzburger Festspielen 2010 erwartete. Denn die glänzende Inszenierung der *Orestie* an der Berliner Schaubühne (1980) bildete den Erwartungshorizont. Und in der Tat kehrten alle Elemente der Regiekunst Steins wieder. Da ist zunächst die von Stein selber nach den gleichen Prinzipien wie bei der *Orestie* erarbeitete theatertaugliche Übersetzung, gekennzeichnet durch die Bewahrung des ganzen Textes mit allen Metaphern und Bildern, mit einer Neigung zu präzisen Hauptsätzen und gelegentlich erklärenden Zusätzen wie «Schicksal» zu «Moira». Wiederum wurde der Chor in teils gemeinsamem, teils individualisiertem Spiel in der Bewegung glänzend geführt. Unter den Schauspielern ragte Klaus Maria Brandauer hervor, als verbitterter, nie lächelnder alter Ödipus. Das Stück ist unversehrt da; die Erfahrung der Tragödie ist nicht verstellt.

ANHANG

LITERATUR

Von Peter Stein verwendete Literatur

Texte und Kommentare

Avezzù, G., Guidorizzi, G., Sofocle. Edipo a Colono, Mailand 2008

Bellermann, L., Sophokles. Ödipus auf Kolonos, Leipzig 1883

Dain, A., Sophocle. Tragédies, Tome III: Philoctète. Œdipe à Colone, Paris 1960

Jebb, R. C., Sophocles. The Plays and Fragments, with Critical Notes, Commentary, and Translation in English Prose, Part II: The Oedipus Coloneus, Cambridge 1928

Kamerbeek, J. C., The Plays of Sophocles. Commentaries, Part VII: The Oedipus Coloneus, Leiden 1984

Lloyd-Jones, H., Wilson, N. G., Sophoclea. Studies on the Text of Sophocles, Oxford 1990

Schneidewin, F. W., Nauck, A., Sophokles. Oedipus auf Kolonos, Berlin ^{5}1870

Übersetzungen

Buschor, E., Sophokles. Ödipus auf Kolonos, Stuttgart 1995 (zuerst: München 1954)

Cerri, G., Sofocle, Edipo a Colono, trad. in: G. Avezzù, G. Guidorizzi, G. Cerri, Mailand 2008

Mazon, P., in: A. Dain, P. Mazon, Sophocle, Tragédies, Tome III, Philoctète. Œdipe à Colone, Paris 1960

Sattler, D. E., Ödipus auf Kolonos, Bremen 1984

Schadewaldt, W., Sophokles. Ödipus auf Kolonos, hrsg. v. H. Flashar, Frankfurt 1996

Staiger, E., Die Tragödien des Sophokles, Zürich ^{3}1962

Ausgewählte Literatur zum *Ödipus auf Kolonos*

Flashar, H., Sophokles. Dichter im demokratischen Athen, München 2000, 166–180

Hösle, V., Die Vollendung der Tragödie im Spätwerk des Sophokles, Stuttgart 1984

Kelly, A., Sophocles. Oedipus at Colonus, London 2009

Kearns, E., The Heroes of Attica, London 1989

Markantonatos, A., Oedipus at Colonus, Berlin 2007

Seidensticker, B., Beziehungen zwischen den beiden Oidipusdramen des Sophokles, in: B. Seidensticker, Über das Vergnügen an tragischen Gegenständen, hrsg. von J. Holzhausen, München–Leipzig, 2005, 1–28

Vernant, J.–P., Œdipe entre deux cités, in: J.–P. Vernant, P. Vidal-Naquet, Mythe et tragédie en Grèce ancienne II, Paris 1986, 175–211

Winnington-Ingram, R. P., Sophocles. An Interpretation, Cambridge 1980, 248–279

LEADING TEAM UND BESETZUNG

des *Ödipus auf Kolonos*
im Rahmen der Salzburger Festspiele
vom 25. Juli bis 30. August 2010

LEADING TEAM

Peter Stein, *Regie*
Ferdinand Wögerbauer, *Bühne*
Moidele Bickel, *Kostüme*
Arturo Annecchino, *Musik*
Joachim Barth, *Licht*
Viktoria Göke, Hermann Beil, *Dramaturgie*

BESETZUNG

Klaus Maria Brandauer, *Ödipus*
Katharina Susewind, *Antigone*
Anna Graenzer, *Ismene*
Christian Nickel, *Theseus*
Jürgen Holtz, *Kreon*
Dejan Bucin, *Polyneikes*
Martin Seifert, *Ein Bote*
Winfried Goos, Roman Kaminski, Roman Kanonik, Michael Kinkel, Detlef Lutz, Uli Pleßmann, Lucas Prisor, Michael Rothmann, Stephan Schäfer, Andreas Seifert, Norbert Stöß, Mathias Znidarec, *Chor*